FOLIO/ACTUEL

Demain, les retraites

Un contrat entre les générations

Préface de
MICHEL ROCARD

Gallimard

AVERTISSEMENT

Ce document est un résumé du Livre blanc sur les retraites. Il en reprend les principaux développements et les conclusions, mais sans en présenter l'appareillage statistique et méthodologique. Les lecteurs soucieux de suivre pas à pas les étapes d'une projection, ou intéressés par le devenir spécifique de tel ou tel régime, doivent donc prendre connaissance du document de référence paru à la Documentation française.

Préface de Michel Rocard

Premier ministre

Fidèle au rendez-vous pris, j'engage avec vous le débat sur l'avenir des retraites.

L'enjeu est considérable : maintenir l'acquis au profit des générations futures dépend, au-delà de la démographie et de l'économie, de notre capacité à actualiser le pacte de solidarité qui lie les générations entre elles.

Nos systèmes de retraite ont réussi. Les missions qui leur avaient été assignées en 1944 par le Conseil National de la Résistance ont été pour l'essentiel atteintes. Aujourd'hui, les Français vivent mieux et plus longtemps et ils sont tous concernés à un titre ou à un autre par un régime obligatoire d'assurance vieillesse. Aujourd'hui, heureusement, la plupart des personnes âgées ne souffrent plus de la grande pauvreté. Aujourd'hui, enfin, le niveau de vie des nouveaux retraités tend à rejoindre celui des actifs. Ils peuvent ainsi plus que par le passé prendre dans notre vie sociale la place qui leur revient légitimement.

Tout cela n'est que justice à l'égard des générations qui par leur travail ont puissamment contribué à la prospérité du pays.

Maintenir ces acquis collectifs, poursuivre le mouvement de réduction des inégalités qui touchent les plus âgés de nos concitoyens, tout particulièrement les veuves, tels sont les premiers buts que je m'assigne.

Nous avons également vis-à-vis des générations futures un devoir de lucidité et un impératif de solidarité. Nous leur devons des choix pour garantir leur avenir.

C'est ainsi que nous resterons fidèles aux principes fondateurs de notre Sécurité Sociale.

*

Les retraites servies ne sont pas en cause et les droits acquis par les retraités d'aujourd'hui ne seront pas remis en question. Il s'agit de préparer l'avenir des jeunes générations pour que notre société, demain, continue de reconnaître à ses anciens la place et le niveau de vie qui leur revient.

Le débat qui s'ouvre avec ce Livre blanc s'adresse donc d'abord à nos concitoyens actifs. Ils auront à choisir diverses modalités d'évolution d'un système qui ne peut être laissé à lui-même.

Vos lettres, les interventions de vos élus, l'opinion directe que vous exprimez, tout contribue à manifester simultanément votre attachement à notre système de retraite actuel et votre conviction que sans une réforme, sans de nouveaux efforts, il n'y aura pas d'avenir pleinement assuré de notre système de répartition. Lui seul, en effet, permet la solidarité entre les générations, les cotisations versées par les actifs servant à payer les retraites des anciens travailleurs.

Je comprends votre exigence de clarté et votre hostilité à des « bricolages » qui n'assureraient pas l'avenir et sacrifieraient une génération qui aurait à payer deux fois : pour les retraites actuelles comme cotisant, pour ses propres retraites futures par l'épargne individuelle. Cette perspective doit être conjurée.

J'entends apporter de véritables réponses à ces interrogations et à cette attente diffuse.

Ce Livre blanc propose des perspectives chiffrées pour tous les régimes de vieillesse ; il distingue scrupuleusement les données, les hypothèses raisonnées et les projections. Il dessine deux horizons : l'un aux marges d'incertitude faibles vers 2010, l'autre sans doute plus aléatoire mais fondé aussi sur des tendances démographiques largement irréversibles vers 2040. Son ambition est de rechercher l'accord sur les données, sur les termes du débat afin que tout un chacun en fonction de ses valeurs et de ses options politiques puisse émettre des propositions et participer à la discussion.

Une démocratie comme la nôtre doit être capable de débattre à temps de ces problèmes et d'en traiter sereinement.

Aussi, une mission sera chargée d'animer ce débat, que j'espère le plus vivant et le plus ouvert possible. J'en attends une meilleure compréhension par tous des données et des enjeux, j'en espère une appréciation plus juste de la condition présente du retraité, j'en souhaite une explication des positions des uns et des autres. Ce sera pour les acteurs sociaux, les responsables syndicaux et professionnels l'occasion de mettre en face de chacune de leurs propositions un chiffrage, un calendrier d'application, un mode de financement. La mission pourra alors rendre compte publiquement. Les évolutions possibles seront concertées, l'accord entre les parties recherché, après quoi le Parlement et le Gouvernement prendront leurs responsabilités.

Je ne préjuge pas du résultat de ce débat. Dans la présentation sommaire de la question des retraites que je voudrais esquisser ici, je m'en tiendrai à la règle que je me suis fixée : privilégier les données et expliciter les termes des choix.

*

Un système de retraite est un ensemble d'obligations réciproques entre générations et professions. C'est un mécanisme d'assurance sociale qui dans tous les pays développés comporte sous des formes et dans des proportions variables un étage de base public et universel, un étage professionnel et un étage facultatif, collectif ou individuel.

Le système français s'est historiquement formé sur le principe de la répartition. Il comporte une assurance vieillesse de base généralisée gérée par une pluralité de régimes et des régimes complémentaires obligatoires institués à l'initiative des partenaires sociaux. Dans un tel système, les cotisations des actifs sont immédiatement utilisées pour financer les pensions des retraités. Depuis quelques années, on constate en outre un effort individuel d'épargne.

J'observe que reconnaître à tous les Français le droit à une retraite n'a pas suffi pendant longtemps à assurer à chacun une pension décente. Ce n'est somme toute que depuis environ vingt-cinq années qu'une amélioration réelle de la condition des retraités a été mise en œuvre. Le contexte des « trente glorieuses », avec la croissance, une population rajeunie, a permis cette évolution qui s'est malgré tout poursuivie dans les années de crise : c'est ainsi que l'âge de la retraite a été abaissé à 60 ans en 1982.

Des cotisants plus nombreux et mieux rémunérés ont permis durant quatre décennies d'attribuer à des retraités plus nombreux des pensions plus élevées. Les transferts sociaux en faveur des retraités ont atteint, en 1990, 12 % du Produit Intérieur Brut. Au-delà de la diversité des situations et des inégalités qui subsistent, notre société a mis fin à l'insécurité des vieux jours qui planait sur nos anciens.

De cette histoire, je retiens trois enseignements.

Si l'œuvre de généralisation entamée à la Libération vient à peine de s'achever, la vigueur des particularismes professionnels a mis en échec la grande ambition d'une Sécurité Sociale unique. Il reste que toute la population active bénéficie aujourd'hui d'une couverture à titre obligatoire dans le cadre soit du régime général, soit de régimes spéciaux, soit de régimes propres à telle ou telle catégorie sociale. Par rapport à l'avant-guerre, le progrès est considérable.

Les différences qui subsistent entre les pensions des salariés et des non-salariés s'expliquent notamment parce que ces derniers ont fait le choix de solidarités professionnelles moins étendues. Les écarts entre les salariés du secteur public et ceux du secteur privé portent pour leur part moins sur le niveau des pensions que sur les conditions d'âge et les avantages annexes parfois plus favorables dans le secteur public.

Si le projet d'un système unique, uniforme n'est plus le nôtre depuis quelques décennies, nous n'avons pas renoncé à l'idée et à la pratique d'une solidarité entre les différents régimes de retraites. Leur diversité a rendu indispensable la création d'un minimum de ressources accordé de façon égale par tous les régimes, ainsi que la mise en place de mécanismes de solidarités financières au bénéfice des régimes pénalisés par l'évolution sociale et démographique de leurs effectifs.

*

Considérons à présent les problèmes tels qu'ils se posent.

Au cours des cinquante prochaines années, le vieillissement de la population est inéluctable. Que le taux de fécondité actuel soit maintenu ou même qu'il rejoigne le niveau qui assure le renouvellement des générations, la part des personnes âgées de plus de 60 ans sera multipliée par environ 1,5 et celle des plus de 70 ans par 2 environ au cours du prochain demi-siècle.

Même avec des hypothèses économiques favorables au plein emploi, les régimes de retraite connaîtront des problèmes de financement avec, à partir de 2005, l'arrivée massive à l'âge de la retraite des générations nombreuses de l'après-guerre. Là où on avait trois cotisants pour un retraité en 1970, on n'en compterа plus que 1,9 en 2010 et 1,7 en 2040 dans les circonstances les plus favorables, 1,3 dans le cas contraire. J'espère que vous me pardonnez ces moyennes statistiques mais elles éclairent le débat.

Certains contesteront sans doute la fragilité relative de ces projections. Quel sens y a-t-il à faire des prévisions à si longue échéance ? Lorsqu'on n'a prévu, par exemple, ni le premier ni le second choc pétrolier, ni les chocs monétaires à répétition, peut-on faire raisonnablement des hypothèses sur l'évolution de l'économie à l'horizon d'un demi-siècle ?

Pourtant, ces projections permettent de prendre la mesure des défis qui nous sont opposés, de cerner les principales évolutions, d'évaluer les marges de manoeuvre disponibles.

Au risque d'ennuyer avec une matière ardue – mais c'est la condition du débat éclairé – j'ajouterai ceci : avec un retour au plein emploi, une croissance des effectifs de cotisants légèrement supérieure à 0,5 % par an, une progression annuelle de 2 % du pouvoir d'achat des actifs, on aboutit dans le cadre législatif actuel à un besoin de financement proche de 300 milliards de francs en 2010 pour l'ensemble des régimes de salariés et de non-salariés.

Cela reviendrait à faire passer le taux moyen de cotisation sur les salaires tous régimes confondus de 18,9 % aujourd'hui à 25 % en 2010. Si on jette un regard plus loin encore jusqu'en 2040, on obtient des chiffres plus fragiles mais encore plus impressionnants : le taux de cotisation moyen pourrait alors atteindre 35 %, voire plus avec des hypothèses démographiques et écono-

miques moins favorables. Au vu de ces chiffres, ma conclusion est claire : le scénario que je viens d'esquisser est celui de l'inacceptable.

J'admets volontiers que les projections au-delà de 2010 sont bâties sur des paramètres économiques qui nous échappent. Mais il ne faut pas attendre de miracle et ne pas surestimer les marges de manœuvre susceptibles d'être dégagées par la croissance et les gains de productivité.

En revanche, 2010 c'est demain et c'est déjà joué. On peut contester les prévisions faites, c'est la règle du jeu. Encore faut-il expliquer comment on fera plus de croissance, comment on améliorera le niveau d'activité de la population à partir de 50 ans, quel impact cette évolution aurait sur le chômage des jeunes, surtout comment du jour au lendemain nous pourrions brutalement inverser le cours de notre démographie.

*

Nous ne sommes pas les seuls à connaître ces phénomènes, toutes les sociétés occidentales connaissent les mêmes types de problèmes. Aussi, dans notre effort pour trouver des solutions, nous pouvons réfléchir un instant sur quelques exemples étrangers.

Les situations de départ sont certes différentes, tout comme les principes qui fondent les systèmes de retraite. Mais la plupart de nos voisins ont déjà commencé à adapter leurs systèmes, et il faut bien constater que les différences dans les solutions s'accusent.

En Grande-Bretagne, le régime vieillesse de base constitue un filet de sécurité ultime pour personnes âgées démunies, l'essentiel des revenus des retraités devant venir de plans de capitalisation collectifs ou individuels qui demandent d'accumuler d'abord des revenus pour pouvoir servir des retraites. La gestion collective publique est à priori suspectée et seules les décisions professionnelles ou individuelles sont considérées comme légitimes. Dès lors, toute la philosophie de la réforme mise en œuvre en 1986 dans le pays vise à décourager au maximum les entreprises d'adhérer au régime public de retraite complémentaire géré par répartition au profit de régimes de retraite d'entreprises gérés par capitalisation. On incite, donc, autant les entreprises que les personnes physiques à quitter le système public.

En Allemagne, après deux années de débat et de concertation, le système légal d'assurance vieillesse par répartition s'est fixé pour objectif de réduire de 3 points à l'horizon 2010 le taux des cotisations retraite. Pour ce faire, des économies sont réalisées par l'adaptation du mode de revalorisation des pensions, le recul progressif de l'âge de la retraite et des conditions de validation plus strictes. Au-delà de ces économies, le besoin de financement du régime est pris en charge par le budget fédéral et donc par l'impôt. L'exemple allemand a le mérite de montrer qu'on peut traiter un problème très à l'avance, et lui trouver une solution assumée par l'ensemble des partenaires sociaux.

Les Etats-Unis, pour faire face au choc de 2010, programment dès aujourd'hui le recul de l'âge de la retraite, remettent en cause les avantages acquis et s'orientent vers une conception de la retraite plus proche du revenu minimum que de la parité avec le revenu d'activité. Depuis la réforme de 1982, les prestations ont été réduites pour ceux qui peuvent prétendre à un cumul de retraites, la clause d'indexation sur les prix, trop avantageuse au regard des possibilités de financement, a été révisée. Des cotisations supplémentaires ont été décidées et affectées à un fonds de réserve, l'âge de la retraite a été reculé (jusqu'à 67 ans en 2027 pour les Américains nés en 1960). Des primes sont versées pour ceux qui restent en activité après l'âge légal de la retraite.

Le cas du Japon est par trop différent de la réalité française pour qu'il faille s'y arrêter trop longtemps. Pourtant, dans un univers de compétition globale des systèmes économiques et sociaux, l'expérience d'un pays, confronté de surcroît à un vieillissement rapide de sa population, ne peut nous laisser indifférents. Le Japon, en effet, mettra seulement 25 ans pour doubler l'effectif de sa population âgée de plus de 65 ans là où il a fallu 130 ans à la France. On a procédé dans ce pays à une réforme radicale en unifiant le régime de base, en allongeant la durée de cotisation requise pour obtenir une retraite à taux plein, en créant des réserves pour les retraites futures et en planifiant le recul de l'âge de la retraite. Conscient toutefois de la minceur des pensions de base servies, le gouvernement japonais encourage les petites et moyennes entreprises à recruter des salariés âgés de plus de 60 ans et incite à la poursuite d'une activité à temps partiel après la retraite.

Au total, force est de constater que les divergences entre les systèmes s'accusent face à des données démographiques et sociales comparables.

Gardons trois leçons essentielles de ces exemples étrangers : d'abord, les adaptations ont été préparées longtemps à l'avance, et le consensus recherché a souvent été atteint ; ensuite, les leviers de ces réformes ont été trouvés dans une combinaison d'instruments et l'ensemble des régimes de retraite sont concernés ; et enfin, les calendriers d'application s'étendent sur plusieurs décennies.

*

Les défis qui nous sont opposés peuvent être résolus. Des solutions existent, des choix s'offrent à la société française.

L'un des intérêts majeurs du débat public sera de permettre de prendre le temps de la réflexion, de la mise en cohérence des propositions et de l'acception honnête des conséquences des choix proclamés. En cette matière, j'espère que nous éviterons toute démagogie.

Pour ma part, avant d'envisager les avenirs possibles, je crois sage de fixer trois principes.

Nous devons respecter l'équité entre les générations, celle des grands-parents qui sont aujourd'hui en retraite, celle des parents qui le seront au début du siècle prochain, et celle de nos enfants qui, au-delà de 2010, auront alors à payer les retraites de leurs parents.

Nous devons satisfaire l'équité au sein de chaque génération, nos régimes actuels n'assurant pas toujours les solidarités espérées.

Nous devons évidemment assurer la maîtrise financière des régimes de retraite pour en garantir la pérennité.

De nombreuses idées ont jusqu'à présent été émises venant d'horizons politiques divers, traduisant des objectifs, des choix et des perspectives différents : pour l'essentiel le passage à la capitalisation, la transformation en profondeur du régime actuel, l'aménagement progressif des régimes de répartition.

Ces diverses solutions doivent être soumises au débat public. Une bonne méthode est de dessiner selon des hypothèses contrastées les grandes évolutions possibles. Leur comparaison peut permettre de préciser les choix et valeurs. Pour sortir du débat des mots, rien ne vaut, en effet, de voir quelles sont les conséquences des choix affichés. Les scénarios que détaille le Livre blanc ne sont pas évidemment des solutions préétablies « prêtes à l'emploi », ils sont des guides pour le débat démocratique qui s'engage. Celui-ci pourra en modifier les termes, faire peut-être émerger de nouvelles solutions sur lesquelles pourrait se fonder le consensus nécessaire.

Je n'entends évidemment pas trancher maintenant. J'ai indiqué mes valeurs : l'équité entre les générations, la justice au sein de chaque génération, la sécurité. Elles nous indiquent seulement le chemin et donnent de solides critères de jugement.

Je dirai simplement que j'écarte ce qui serait un scénario de l'irresponsabilité. Ne rien faire aujourd'hui conduirait à terme à la condamnation de la répartition et à la rupture des solidarités essentielles. Ne rien faire conduirait à subir une augmentation inéluctable des prélèvements sociaux à la charge des ménages et des entreprises, réduisant en même temps le pouvoir d'achat espéré par les actifs, pesant sur la capacité d'épargne des ménages et des entreprises, mettant finalement en péril la compétitivité de l'économie et aggravant le chômage.

Pour traiter sérieusement l'avenir des régimes de retraite, nous devons avant tout veiller à ce que l'assise économique de notre pacte social ne soit pas altérée. Nous le devons aux générations futures, aux enfants des retraités d'aujourd'hui qui prendront leur retraite au début du siècle prochain.

Je le dis donc avec une tranquille assurance, ceux qui, pour des gains politiques à courte vue, croiraient flatter l'opinion en niant le problème programmeraient sûrement une guerre des générations.

Je ne crois pas non plus qu'une réforme radicale du système actuel puisse être envisagée. La substitution même progressive de la capitalisation à la répartition qui est évoquée, ici ou là, ne correspond pas aux principes d'équité sociale ; elle amènerait, en outre, beaucoup plus d'inconvénients que d'avantages.

En effet, un régime de répartition repose sur la force du lien social qui lie les générations puisque les cotisations des actifs sont immédiatement utilisées pour financer les retraites. La capitalisation, quant à elle, repose sur la capacité individuelle ou collective à réaliser un effort d'épargne volontaire sur une durée de vie et sur l'aptitude des marchés financiers à maintenir ou à accroître, de manière certaine, la valeur des actifs ainsi accumulés.

Substituer la capitalisation à la répartition se traduirait pour les actifs d'aujourd'hui par une double contribution, d'une part pour honorer les retraites actuelles, d'autre part pour se constituer des droits propres à une retraite par capitalisation. Plus fonda-

mentalement encore, à l'égale protection contre les risques qu'offre la répartition grâce au contrat des générations, se substituerait l'inégale protection résultant des différentes capacités d'épargne de nos concitoyens et du caractère facultatif de ces régimes par capitalisation.

Qui ne voit alors que ce sont les plus dotés par la fortune, les revenus, l'éducation qui pourraient alors investir dans leurs retraites, les autres étant renvoyés vers les dispositifs publics d'assistance ? Qui ne voit que la tenue des marchés boursiers serait plus aléatoire que la force du lien social qui unit les générations ? Non, nous devons avant tout consolider nos régimes de répartition et ne pas embrouiller le débat. Le souci de développer une épargne longue est légitime. Mais il n'est pas la clef d'une réforme de nos régimes de retraite.

L'idée du recul de l'âge de la retraite est aussi présentée comme une panacée. Ceux qui la prônent feignent de s'attaquer à un avantage indu et en tirent parfois des effets de tribune : la gauche aurait accordé des droits sociaux sans les financer !

Ils devraient pourtant savoir qu'une telle mesure n'aurait pas d'effet réel. Notre niveau d'activité entre 55 et 60 ans est en effet, l'un des plus bas du monde et nous avons des difficultés pour résorber le chômage des plus âgés.

L'âge du départ à la retraite se constate plus qu'il ne se décrète.

En tout état de cause, faut-il le rappeler, la retraite à 60 ans est un droit et non une obligation. Considérée par les Français comme la plus grande conquête sociale de la décennie, la retraite à 60 ans pour tous ceux qui ont commencé jeunes leur vie active a « ajouté de la vie aux années » selon la belle formule du Président de la République.

Une transformation profonde pourrait être également envisagée : adopter un régime de pension uniforme pour tous financé par l'impôt, distinguer plus clairement ce qui relève du contributif et du non-contributif, limiter les compensations financières, donc les solidarités entre les régimes, et organiser le régime de base sur le modèle des régimes complémentaires participent de cette approche.

Ces propositions méritent d'être prises en considération et pourraient avoir l'avantage de clarifier les mécanismes de solidarité et les responsabilités dans la gestion des régimes de retraite. Mais leur mise en œuvre se heurte cependant pratiquement à des difficultés importantes qui font douter de l'utilité de s'engager dans des voies complexes, qui, au surplus, n'apportent pas comme telles une véritable réponse financière et sociale aux défis démographiques et sociaux des prochaines années.

L'étude la plus attentive doit donc porter sur les modalités d'aménagement du régime de répartition. En 1989, le rapport de la Commission Protection Sociale du Xe Plan avait fait état de quelques mesures envisageables. Le Livre blanc prolonge cette réflexion et livre au débat plusieurs variantes possibles.

Je ne veux pas dans cette préface entrer dans le détail. J'indique simplement ce qui doit orienter les choix.

Le contrat entre les générations doit être en permanence réactualisé. L'un des résultats que j'attends de la mission sur l'avenir des retraites sera qu'elle jette les bases d'un observatoire des retraites dont les constats pourraient donner lieu à des actions correctrices permanentes.

De toute manière, il est de notre devoir de veiller au maintien du pouvoir d'achat des retraités actuels. J'ajouterai même que dans ma conception de la solidarité entre inactifs et actifs, il est souhaitable que les retraités soient d'une manière ou d'une autre associés aux résultats de la croissance. Je ne sais quelle forme précise prendra cette participation mais le besoin de sécurité est légitime, l'équilibre entre les revenus d'activité et les pensions aussi. Il faut que les retraités sachent que nous tiendrons nos engagements.

Il est également de notre devoir de préserver les bases de la solidarité entre les générations. Ne pourrait-on pas à cette fin envisager au sein des régimes par répartition la constitution de réserves au profit de la génération des classes nombreuses de l'après-guerre ?

Il est, enfin, de notre devoir, s'il faut modifier progressivement les conditions d'ouverture et de calcul des retraites à taux plein et donc augmenter le nombre des trimestres pris en compte, de penser d'abord, dans un esprit d'équité, à ceux qui ont fait les plus longues carrières et qui par leur formation et le mode d'organisation des entreprises ont été privés de promotion rapide. De même, de penser à ceux qui ont commencé à travailler jeunes et qui n'ont pas connu d'accélérations de carrière, pour qui un calcul des droits sur l'ensemble de la carrière est moins pénalisant.

En disant cela, j'ai la conviction d'être fidèle aux principes de 1945 qui ont rendu possible une solidarité entre les âges.

*

Telles sont les données du problème. Je me suis essayé dans cette préface à l'exercice qui consiste à bien distinguer les différents horizons, les faits, les prévisions. Le moment de débattre est maintenant arrivé. Je voudrais pour terminer faire trois remarques.

La première est qu'une évolution de notre système de retraite ne relève pas d'une mesure unilatérale déterminée par un gouvernement. La confrontation des idées et des intérêts est nécessaire et légitime. Je rechercherai le plus large accord sur les données, les perspectives, les solutions.

Je crois avoir montré que dès lors que l'on s'astreignait à considérer avec rigueur les différentes dimensions du problème, nombre de polémiques stériles s'évanouissaient. La guerre capitalisation-répartition, par exemple, n'aura pas lieu car elle n'a pas beaucoup de sens. En revanche, a du sens le point de savoir s'il faut constituer des réserves pour le régime de répartition et inciter les entreprises à enrichir le contrat de travail d'une dimension de salaire différé sous forme de fonds de pension.

S'agissant de la procédure, je tiens beaucoup au respect de quelques règles simples. L'avenir des retraites intéresse de manière directe et immédiate l'ensemble des forces politiques et sociales. Le rôle de la mission créée consistera à recueillir tous les avis, à tester les solutions, à faire procéder éventuellement à de nouvelles simulations. La procédure de consultation et de décision mise en place vise à permettre aux groupes intéressés de discuter et d'enrichir le débat sous le regard de l'opinion, avant que le Parlement n'ait, sur proposition du Gouvernement, à donner une éventuelle traduction législative.

Bref, j'espère un débat qui partirait de données incontestables pour progresser vers des hypothèses raisonnées avant de déboucher sur le choix entre des solutions rigoureusement quantifiées. Si, au bout du chemin, l'accord sur les solutions est atteint, tant mieux, et si tel n'était pas le cas, du moins nous aurons illustré collectivement les vertus de la démocratie et nous aurons progressé dans la recherche du bien commun.

La deuxième remarque est que nous réduirions considérablement la portée de notre débat si nous en faisions un pur problème de financement de l'équilibre des régimes. La difficulté vient du fait que le problème à traiter est, à la fois, obstinément concret – la vérité des chiffres existe – et qu'il engage les évolutions les plus fondamentales de la société française.

Que savons-nous, en effet, des équilibres sociaux qui seront trouvés en 2010 lorsqu'une population plus âgée mais en bonne forme physique aura à faire des arbitrages entre travail et loisir, entre consommation et épargne, entre la transmission volontaire du patrimoine et sa mobilisation pour accroître les revenus ? On imagine, certes, que le travail sera plus dis-

continu, qu'il n'y aura plus cette coupure qu'on constate aujourd'hui entre actifs et inactifs. Les retraités seront mieux organisés pour des activités professionnelles, associatives ou autres.

Quel sera l'impact de ces nouveaux modes de vie sur la question des retraites ? Si nous devons rester à l'écoute, il est de notre responsabilité aujourd'hui, dans un contexte économique mouvant, de négocier les transitions qui préservent la cohésion sociale.

Enfin, troisième remarque, au-delà même des choix que nous ferons collectivement pour conforter nos régimes de retraite par répartition, nous devons travailler à rendre notre société plus accueillante vis-à-vis de ses anciens.

Tout d'abord, nous leur devons de pouvoir faire face dans la dignité aux épreuves qui surviennent dans les derniers temps de la vie. Je pense tout particulièrement à la prise en charge et à l'accompagnement des personnes âgées dépendantes qui seront demain plus nombreuses. Le Gouvernement et le Parlement travaillent actuellement à apporter des réponses adaptées dont nous aurons également à débattre d'ici quelques mois.

Surtout, nous leur devons la reconnaissance sociale qu'ils sont en droit d'attendre. Le capital d'expérience de nos aînés doit être davantage reconnu et utilisé pour le bien de tous. Si la retraite est un droit, elle reste une liberté à investir ; c'est pourquoi l'insertion sociale et culturelle des retraités et le passage harmonieux de la vie professionnelle à la retraite doivent rester les premiers objectifs d'une véritable politique des retraites.

Je ne vois décidément pas de tâche plus fondamentale pour l'avenir de la société française que celle qui consiste à traiter de manière exemplaire la question des retraites, c'est-à-dire à renouveler « le contrat entre les générations ». Tout se tient, on ne pourra préserver les marges de manœuvre budgétaires qui nous permettent de financer l'éducation de nos enfants que si nous savons conforter la protection sociale sans affaiblir l'économie et sans décourager les actifs.

A grande cause, grande controverse, j'appelle donc de mes vœux un débat où la participation de chacun est requise. Je peux apporter ici l'assurance personnelle que tous les points de vue seront pris en compte. Ensemble, nous bâtirons un avenir meilleur.

Michel ROCARD

INTRODUCTION

Le début des années 90 marque un tournant. Quarante-cinq ans après qu'a été proclamé le droit à une retraite pour tous, le développement des régimes de retraite, permis par la croissance des « trente glorieuses »[1] et soutenu par une volonté constante d'améliorer la situation des personnes âgées dans la société française, a porté ses fruits. Chacun peut le constater autour de lui.

Une étape historique a été franchie. Mais cette satisfaction légitime ne doit pas endormir la vigilance. Rien n'est jamais acquis définitivement.

Il faut préparer l'avenir. Le caractère inéluctable du vieillissement de la population française interdit tout faux-fuyant. Personne ne pourra dire dans 20 ans aux générations suivantes : nous ne savions pas, nous ne pouvions pas prévoir.

Nous avons à l'égard de ces générations un devoir de lucidité et de solidarité. Il nous faut dès aujourd'hui préparer les mesures qui assureront aux générations nées après 1945 une retraite décente.

1. Période de croissance ininterrompue couvrant une période qui va de la fin de la Seconde Guerre mondiale au premier choc pétrolier (1945 / 1975).

La France a fait en 1945 le choix de la solidarité en organisant son système de retraite sur la base de la répartition. Confirmer ce choix fondateur entraîne des obligations fortes.

La répartition repose sur un contrat implicite entre les générations. Il importe donc d'en expliciter les termes, d'en vérifier l'application et de s'interroger sur les conditions de son actualisation dans la justice sociale.

A partir de là, la recherche de solutions peut s'organiser. Des mesures d'adaptation ont souvent été évoquées. L'exercice qui est proposé ici consiste à les expliciter, à les chiffrer et à soumettre au débat, sous la forme de scénarios contrastés, une combinaison de ces mesures.

Une fois écartées les craintes irraisonnées sur la remise en cause des retraites actuellement servies, l'espace du débat s'ouvre, éclairé par des projections dont les hypothèses sont toujours explicitées.

GLOSSAIRE DES SIGLES

CAMR	Caisse autononome mutuelle de retraite des chemins de fer d'intérêt local	
CNRACL	Caisse nationale de retraite des agents des collectivités locales	
CRPCEN	Caisse de retraite et de prévoyance des clercs et employés de notaires	
CNAVTS	Caisse nationale d'assurance vieillesse des travailleurs salariés	
CNBF	Caisse nationale des barreaux français	
BAPSA	Budget annexe des prestations sociales agricoles	
ORGANIC	Caisse de compensation de l'organisation autonome nationale de l'industrie et du commerce	Commerçants
CANCAVA	Caisse autonome nationale de compensation de l'assurance vieillesse artisanale	Artisans

CAMAVIC	Caisse mutuelle d'assurance vieillesse des cultes
ARRCO	Association des régimes de retraite complémentaire
AGIRC	Association générale des institutions de retraite des cadres
ENIM	Établissement national des invalides de la marine
CNAVPL	Caisse autonome d'assurance vieillesse des professions libérales
IRCANTEC	Institution de retraite complémentaire des agents non titulaires de l'État et des collectivités publiques
CCMSA	Caisse centrale de la mutualité sociale agricole
CCPMSA	Caisse centrale de prévoyance de la mutualité sociale agricole
CRAF	Caisse de retraite du personnel d'Air France
CRPNPAC	Caisse de retraite du personnel navigant professionnel de l'Aéronautique Civile
CPPOSS	Caisse de prévoyance du personnel des organismes sociaux et similaires

PREMIÈRE PARTIE

Aujourd'hui, les acquis de la répartition

1. LE CHOIX DE LA SOLIDARITÉ

Un système de retraite par répartition

Nos régimes de retraite fonctionnent dans leur quasi-totalité sur le principe de la répartition. Dans un tel système, les cotisations des actifs sont immédiatement utilisées pour financer les pensions des retraités. En contrepartie, les actifs d'aujourd'hui attendent des actifs de demain qu'ils financent leur propre retraite. Une double solidarité est ainsi créée : une solidarité immédiate entre actifs et retraités, une solidarité dans le temps entre générations successives.

La capitalisation en revanche repose sur une logique d'épargne : les cotisations acquittées dans un cadre individuel ou collectif sont investies en produits financiers qui sont, au moment de la retraite, reversés sous forme de rente viagère ou de capital [1].

1. Dans la capitalisation financière, le bénéficiaire reçoit à l'âge de la retraite le produit de son épargne augmenté des intérêts financiers que leur investissement a générés. Il s'agit d'une simple épargne longue.

Dans la capitalisation financière et viagère le bénéficiaire reçoit, en outre, les sommes libérées par le décès des cotisants avant l'âge de la retraite et celles afférentes aux retraités décédés plus tôt que la moyenne. Cette technique comporte donc une dimension supplémentaire d'assurance.

Ces deux modalités de constitution de droits à la retraite diffèrent fondamentalement par la nature des garanties qu'elles offrent.

Dans la répartition, la garantie de la retraite repose sur un contrat implicite entre générations et donc sur la capacité des générations futures de financer les retraites.

Dans la capitalisation, la garantie de la retraite repose sur un contrat économique et la capacité des marchés financiers d'offrir sur une longue période un rendement positif aux capitaux investis.

Si tout régime de retraite dépend ultimement des évolutions démographiques et économiques, dans un système par capitalisation, le rendement de l'épargne constitué et donc le revenu des inactifs, dépend du coût du capital, alors que dans un système par répartition l'évolution des revenus des actifs et des inactifs dépend du coût du travail et des effectifs des cotisants.

La France a fait le choix de la répartition, d'autres pays celui de la capitalisation. Mais la solution la plus générale mêle dans des proportions variables répartition et capitalisation. L'explication des choix faits est largement historique.

Une première expérience malheureuse de retraite par capitalisation et les circonstances de l'après-guerre expliquent le choix de la répartition. En effet, les difficultés des régimes de capitalisation durant l'entre-deux-guerres et la faculté que seuls les régimes de répartition possèdent de permettre l'octroi immédiat de retraites a conduit, après guerre, à bâtir notre régime vieillesse autour de la répartition.

Ce choix fait en 1945 a été constamment confirmé depuis.

Une généralisation sans unification

Le système français tel qu'il s'est historiquement formé comporte aujourd'hui une assurance vieillesse généralisée mais non unifiée et des régimes complémentaires obligatoires fondés tous deux sur la méthode de la répartition. Décrire le système actuel nécessite le détour historique.

C'est à Colbert que l'on doit en 1681 le premier régime de retraite destiné alors aux marins, mais c'est au cours du XIXe siècle que la garantie contre la misère des vieux jours a commencé à s'étendre véritablement.

L'œuvre de généralisation s'est faite en trois phases : jusqu'en 1930, l'assurance vieillesse obligatoire était limitée à une vingtaine de métiers salariés relevant du secteur public ; puis on forgea le projet de couvrir le reste du monde salarié mais ce n'est qu'après la Seconde Guerre mondiale que les populations non salariées sont devenues parties prenantes de cette grande conquête sociale.

Après l'échec de la grande loi de 1930 qui n'assurait pas le versement de pensions pour les salariés les plus âgés et était basée sur le libre choix de l'organisme assureur et sur la technique de la capitalisation, les pouvoirs publics instauraient en octobre 1945 le régime général de la Sécurité Sociale dont le principe avait été conçu dans la Résistance. Trois principes le fondent : l'universalité – tous les actifs sont assujettis –, la répartition – et non la capitalisation –, l'obligation d'affiliation – suppression du choix de l'organisme assureur.

L'extension progressive du champ des régimes obligatoires n'alla toutefois pas de pair avec l'unification du système. Les régimes spéciaux (Mines, SNCF, etc.) et agricoles ont survécu et des régimes pour non-salariés ont été créés.

RÉGIMES DE RETRAITES : LES GRANDES DATES

1790 Premier régime des fonctionnaires titulaires de l'Etat

1806 Régime spécial de pensions de la Banque de France

1831 Régime militaire

1894 Régime unifié des mineurs

1928 Unification des régimes des ouvriers d'Etat

1930 Loi organisant le régime de base des salariés du privé

1935 Décrets-lois organisant des régimes séparés pour les salariés du commerce et les salariés agricoles

1945 Instauration du régime général de la Sécurité Sociale

1945 3500 régimes autonomes des collectivités territoriales et hospitalières fusionnent en un régime unique (CNRACL)

1947 Création d'un régime unique de retraite complémentaire pour les cadres organisé par l'AGIRC

1948 Régimes autonomes pour les non-salariés (exploitants agricoles, artisans, industriels et commerçants, professions libérales)

1948 Régime spécial du métropolitain (RATP)

1972 Les régimes complémentaires deviennent obligatoires, 45 régimes complémentaires non-cadres se réunissent dans l'ARRCO

1974/1978 Généralisation de l'assurance vieillesse obligatoire pour les non-salariés

---

L'ÉCONOMIE GÉNÉRALE DU SYSTÈME

Les régimes de base comprennent le régime général de Sécurité Sociale qui regroupe la plupart des salariés du secteur privé et les régimes des non salariés alignés sur lui (artisans et commerçants). Les salariés du secteur public et les fonctionnaires adhèrent à des régimes spéciaux qui distribuent des pensions qui mêlent retraite de base et retraite complémentaire.

Les régimes complémentaires

Les régimes complémentaires sont des régimes conventionnels mais légaux issus des négociations collectives entre les syndicats patronaux et syndicaux. Ils bénéficient d'avantages fiscaux (déduction des bases de l'impôt sur le revenu des cotisations totales) à hauteur de 19% de 8 fois le plafond des cotisations de SS.

Les caisses de retraite complémentaires sont regroupées au sein de l'ARRCO (hors-cadres) et de l'AGIRC (cadres) qui assurent une solidarité financière au sein de ces régimes.

Les régimes complémentaires gèrent en outre des **régimes dits « sur-complémentaires »** proposés à une entreprise ou une branche. Celles-ci peuvent, du reste, faire le choix de développer elles-mêmes sous forme de fonds de pension les avantages spécifiques qu'elles entendent accorder à leur personnel.

Le niveau de protection des salariés du secteur privé a été très notablement amélioré par la création des régimes complémentaires.

Le régime complémentaire des cadres (l'AGIRC) a ouvert la voie en 1947. Ils ont été rendus obligatoires en 1972, et sont depuis quasi généralisés.

La gestion paritaire, l'esprit novateur et les capacités d'anticipation des partenaires sociaux dans la mise en place des régimes complémentaires ont fait du régime des retraites une illustration majeure des vertus de la négociation contractuelle.

Au-delà des régimes de base de l'assurance vieillesse, et des régimes complémentaires obligatoires, un troisième étage d'assurance retraite a été créé. Il prend la forme soit de cotisations facultatives supplémentaires aux régimes type AGIRC, ARRCO..., soit de régimes supplémentaires collectifs gérés selon les cas par l'entreprise elle-même, une caisse de retraite propre à une branche professionnelle, une mutuelle ou une compagnie d'assurances.

Indépendamment donc de tout effort d'épargne individuelle volontaire dans la perspective de la retraite, selon les cas, un assuré bénéficie d'une retraite à deux ou trois étages : retraite de base, complémentaire et éventuellement supplémentaire.

LES PENSIONS DU RÉGIME GÉNÉRAL

Le régime général sert des pensions de droit direct, des minima de pension et des pensions de droit dérivé dites de reversion.

Le montant de la pension de droit direct au taux plein représente 50 % du salaire annuel moyen des 10 meilleures années dans la limite du plafond de la Sécurité Sociale et revalorisé pour rendre son pouvoir d'achat comparable à celui des derniers salaires. Pour les salariés dont le nombre d'années d'assurance est inférieur à 37,5 années, la pension est calculée au prorata de cette durée. Un certain nombre d'avantages complémentaires sont versés pour conjoint à charge, pour les familles de 3 enfants ...

Un minimum de pensions contributives a été fixé par la loi du 31 mai 1983 pour 37,5 ans d'assurance.

Les pensions de reversion sont égales depuis décembre 1982 à 52% de la pension dont aurait bénéficié le conjoint décédé.

LES PRESTATIONS DES RÉGIMES COMPLÉMENTAIRES

Les régimes complémentaires qui fonctionnent suivant la technique de la répartition sont des « régimes en points ». Ils garantissent une retraite égale au nombre de points acquis par le retraité multiplié par **la valeur du point**. Celle-ci est annuellement fixée par les partenaires sociaux gestionnaires des régimes. Le nombre de points acquis par un salarié au cours d'une année est égal au produit de son salaire par le **taux de cotisation** et divisé par le **salaire de référence** fixé par le régime. Le taux de cotisation pris en compte est le **taux contractuel** choisi par l'entreprise à l'intérieur d'une fourchette (4 à 8 % pour l'ARRCO, 8 à 16 % pour l'AGIRC avec un taux minimum de 12 % pour les nouveaux inscrits). Ce n'est pas la cotisation effectivement versée, qui est égale au taux contractuel multiplié par un **taux d'appel** fixé par les gestionnaires des régimes. La cotisation comprise entre taux d'appel et taux de cotisation ne crée pas de droits pour le salarié, le nombre de points acquis restant calculé sur la base de la cotisation non majorée. Enfin le **rendement du régime** est égal à la valeur du point divisée par le salaire de référence. En jouant de ces différents paramètres et notamment du taux d'appel, les régimes équilibrent leur gestion au besoin en érodant le rendement du régime. Le taux d'appel de l'ARRCO est de 123 %, celui de l'AGIRC est de 117 %.

L'équilibre contributions/droits

L'existence de près d'une centaine de régimes de retraite principaux a conduit à une extrême diversité des règles que chacun d'eux s'est efforcé d'adapter à la catégorie socio-professionnelle qu'il couvrait. La question se pose dès lors de savoir si cette diversité conduit à des inégalités entre non-salariés et salariés d'une part, entre salariés du public et salariés du privé d'autre part.

Dans un système contributif, ces inégalités ne peuvent s'apprécier qu'au regard du rapport entre les cotisations versées (le taux d'effort) et les droits accordés.

L'histoire des régimes et de leur montée en charge, la démographie des populations couvertes, le statut d'activité expliquent l'ampleur très variable des taux d'effort [1].

A cette hiérarchie des taux d'effort contributifs correspond globalement la même hiérarchie des droits. Des différences importantes subsistent en effet entre les réglementations des régimes à 3 niveaux : l'âge d'entrée en jouissance, les règles de calcul des pensions de droit direct et celles concernant les pensions de reversion.

1. Le taux d'effort exprime le rapport entre le total des cotisations vieillesse patronales et salariales d'une part, et le salaire d'autre part.

TAUX D'EFFORT CONTRIBUTIF PAR RÉGIME (1989)

Régime général	20,4 %	
Salariés agricoles	22,4 %	
Fonctionnaires	38,1 %	
Ouvriers de l'Etat [1]	18,3 %	
CNRACL (Collectivités locales)	21,8 %	
Mines [1]	14,4 %	
SNCF [1]	35,2 %	
RATP	56,2 %	
Marins	25,0 %	
EDF/GDF	49,1 %	
Clercs de notaires	26,1 %	
Banque de France	42,5 %	
TOTAL SALARIÉS		23,4 %
Exploitations agricoles [1]	8,7 %s	
Commerçants	9,1 %	
Artisans	11,3 %	
Professions libérales	8,7 %	
Ministres des cultes	13,4 %	
TOTAL NON-SALARIÉS		9,4 %
ENSEMBLE		21,6%

1. Ces régimes bénéficient en outre d'une subvention d'équilibre de l'État

AGES D'OUVERTURE DES DROITS À PENSION

65 ans

Professions libérales, ministres des cultes, inactifs, Fonds national de solidarité

60 ans

Salariés du secteur privé

Salariés du secteur public non visés par les âges suivants

Artisans, industriels et commerçants

Exploitants agricoles

55 ans

Fonctionnaires ayant accompli au moins 15 ans en catégorie active

Idem EDF, CAMR, CNRACL, Banque de France, RATP

Marins, Mineurs, SNCF

Femmes clercs de notaires ayant 25 années de service

Artistes masculins de la Comédie Française

Machinistes, électriciens, régisseurs de la Comédie Française et de l'Opéra

52,5 ans

Marins ayant 37,5 années de service

50 ans

Artistes du chant de l'Opéra

Artistes féminins de la Comédie Française

Marins avec 25 années de service

Personnel roulant et d'entretien SNCF et RATP avec 25 années de service et 15 ans en qualité de personnel spécifique

Officiers ayant entre 15 et 25 ans de service

Mineurs ayant 20 années de fond et 30 ans de service

Agents de la CNRACL ayant 30 années d'activité dont 10 en réseau souterrain

40 ans

Artistes de la danse de l'Opéra

Pas d'âge minimal

Femmes mères d'au moins 3 enfants et ayant accompli 15 années de service
(Fonction publique, EDF-GDF, Banque de France, CRPCEN)

Officiers ayant 25 ans de service

Militaires non officiers ayant 15 ans de service

Mineurs : multiples cas d'anticipation de la pension de vieillesse pour raisons économiques ou physiques

---

Il convient toutefois de rappeler qu'il existe dans le secteur privé des possibilités de pré-retraite avant 60 ans. De même les âges de départ à la retraite ne sont pas obligatoires, et si dans le public comme dans le privé la durée d'assurance joue, elle relativise grandement l'âge de départ précoce à la retraite dans le public. En effet, un instituteur qui prendrait sa retraite à 55 ans, pour avoir une pension complète devrait avoir commencé à travailler à 17 ans et demi.

S'agissant des règles de calcul de la pension, la multiplicité des régimes, l'existence ou non de régimes complémentaires, la diversité des carrières rendent la comparaison difficile. Pourtant, les différences de condition entre salariés et non salariés s'expliquent massivement par la faiblesse du régime de base (jusqu'en 1973 pour les artisans/commerçants par exemple) et l'inexistence (pour les commerçants par exemple) ou le caractère récent (cas de la plupart des professions libérales) d'un régime complémentaire obligatoire. La retraite n'ayant pas le même sens pour ces deux types de population, les écarts constatés reflètent les choix faits par les « indépendants » d'une solidarité réduite.

L'explication est moins aisée s'agissant des différences entre gens du public et gens du privé. La complexité des paramètres à intégrer est telle qu'il n'est de comparaison raisonnable que carrière par carrière. La conclusion à laquelle on parvient à partir de l'étude d'une série de cas-types est qu'il n'y a pas de régime de pension systématiquement plus favorable que l'autre et que les taux de remplacement [1] y sont largement comparables.

Par contre, les régimes publics offrent des pensions de reversion aux conjoints des assurés décédés dans des conditions plus avantageuses.

Un dernier élément est à prendre en considération si l'on veut apprécier l'importance des droits accordés, qui réside dans la durée de service des pensions. Celle-ci varie selon la catégorie socio-professionnelle, le sexe, le statut public ou privé.

Les données sur l'espérance de vie par profession permettent de mettre à jour l'écart important qui peut exister au sein d'un même régime (plus de 7 ans d'écart entre l'espérance de vie à 35 ans des manœuvres et celle des cadres supérieurs du secteur privé qui relèvent du régime général) ainsi que le fait qu'à catégorie comparable, l'espérance de vie à 60 ans est un peu plus élevée dans le secteur public que dans le secteur privé.

1. Le taux de remplacement exprime le rapport entre la pension reçue par le retraité et la dernière rémunération d'activité perçue.

L'ESPÉRANCE DE VIE SELON LES DIFFÉRENTES CATÉGORIES SOCIO-PROFESSIONNELLES (1955-1979)

	à 35 ans	à 60 ans
Instituteurs	41,2	19
Cadres supérieurs	39,7	17,9
Professions libérales	39,7	17,9
Clergé catholique	39,6	17,8
Cadres moyens du secteur public	38,9	17,5
Techniciens	38,5	17,1
Cadres moyens du secteur privé	37,9	16,9
Agriculteurs	37,9	16,9
Patrons de l'industrie et du commerce	37,0	16,6
Ouvriers qualifiés du secteur public	37,1	16,4
Employés de bureau du secteur privé	36,6	16,3
Contremaîtres	37,2	16,3
Employés de bureau du secteur public	36,9	16,2
Ouvriers spécialisés du secteur public	35,7	15,6
Ouvriers qualifiés du secteur privé	35,1	15,3
Ouvriers spécialisés du secteur privé	34,3	14,8
Salariés agricoles	34,6	14,7
Manœuvres	32,4	14,1

Source : INSEE

La solidarité entre régimes

La multiplicité des régimes, la diversité des évolutions démographiques et économiques et la volonté de justice sociale ont conduit à rechercher des convergences par la résorption des petits régimes, l'harmonisation des règles entre régimes et par la création d'un minimum de ressources accordé par tous les régimes sur une base égalitaire.

En effet, malgré la généralisation précoce de l'assurance vieillesse, certains peuvent n'avoir aucun droit à pension ou des droits très faibles. Une allocation spéciale est alors servie à condition de faire la preuve de l'insuffisance de ressources, soit par la Caisse des dépôts, soit directement par les régimes. L'Etat garantit par ailleurs depuis 1956 un minimum vieillesse, il verse à cet effet par l'intermédiaire du Fonds national de solidarité [1] une allocation égale à la différence entre la totalité des ressources du retraité et ce minimum vieillesse.

Enfin l'éclatement de notre système d'assurance vieillesse et sa gestion par la répartition ont rendu nécessaire la mise en place de mécanismes de solidarité financière au bénéfice des régimes qui voyaient le nombre de leurs cotisants baisser structurellement. Deux techniques ont été utilisées : l'intégration financière lorsque existait un régime commun et des caisses séparées, et surtout la compensation financière. Celle-ci est pour l'essentiel de nature démographique et vise à effacer pour partie les différences observées entre les

1. Le montant au 1er janvier 1991 est de 2980 F pour une personne seule et de 5348 F pour un couple.

régimes quant aux volumes respectifs des cotisants et des pensionnés. On pourrait toutefois concevoir une compensation économique qui viserait à atténuer pour partie les différences existant entre les régimes quant à la capacité contributive moyenne de leurs ressortissants.

Ces compensations financières, totalement justifiées dans leur principe, s'opèrent aujourd'hui sur des bases limitées – 60 milliards de francs sur un total de 550 milliards de francs en 1990 – , ce qui oblige à recourir à l'impôt et à des taxes, à hauteur de 71 milliards de francs, pour équilibrer financièrement les régimes les plus déficitaires.

COMPENSATIONS DÉMOGRAPHIQUES

Les régimes débiteurs		*Les régimes créanciers*	
CNAVTS	12,2	BAPSA	26
Etat	8,7	ORGANIC	4,3
CNRACL	6,3	CANCAVA	1,3
CNAVPL	1,7	Mines	1,9
EDF/GDF	0,6	CAMAVIC	1
RATP	0,15	SNCF	0,5
CRPCEN	0,12	Marins	0,2
CNBF	0,10		
Banque de France	0,05		

En milliards de francs

---

2. LA RETRAITE DES « TRENTE GLORIEUSES »

Le cercle vertueux de la croissance des ressources

En 1962, P. Laroque, auteur d'un rapport sur la situation morale et matérielle des personnes âgées en France jette un cri d'alarme qui va entraîner des efforts significatifs des pouvoirs publics en faveur des retraités. Il ne suffisait pas de généraliser les régimes de retraite, encore fallait-il ne pas laisser le troisième âge s'installer dans la misère. La condition des retraités va dès lors connaître une amélioration régulière facilitée par des conditions démographiques et économiques exceptionnellement favorables.

Jusqu'à la fin des années 70, l'extension de la population active occupée, et notamment de l'emploi salarié, a permis un apport continu de cotisants supplémentaires pour les régimes de retraite. Un cercle vertueux de croissance de la population et de rajeunissement de celle-ci joint à une montée du taux d'activité du fait de l'emploi féminin et à un flux migratoire important dans un contexte de plein emploi ont permis le maintien d'un rapport démographique entre retraités et cotisants particulièrement favorable.

Cette population de cotisants a disposé par ailleurs de forts gains de pouvoir d'achat qui rendaient indolores les prélèvements sociaux. C'est ainsi qu'avant 1970 le pouvoir d'achat du salaire net annuel a augmenté de 4% par an. Si l'on ajoute à ce contexte l'effet anesthésiant de l'inflation, on comprend qu'on ait pu accorder des droits nouveaux aux retraités en pariant sur la poursuite d'un mouvement de croissance qui, à l'expérience, s'est révélé limité dans le temps.

Au milieu des années 70, les facteurs favorables, démographiques et économiques, tendent à s'estomper. Alors que les régimes de retraite arrivent à maturité et honorent les droits de retraités de plus en plus nombreux, les générations de cotisants sont moins étoffées [1], les taux d'activité aux extrêmes chutent, le taux de chômage s'élève durablement, les gains de pouvoir d'achat sont plus faibles, amputés qu'ils sont par la hausse des cotisations sociales. Les actifs paient plus cher, par rapport aux générations précédentes, des droits à pensions équivalents. En terme technique, le rendement des cotisations baisse.

L'analyse de la formation et de la distribution du surplus de productivité globale [2] dans les vingt dernières années permet d'illustrer ces évolutions.

1. Le rapport démographique qui mesure le nombre de cotisants pour un retraité se dégrade rapidement. Dans le régime général, il est passé de 4 en 1960 à 2,2 en 1985.

2. Partant du taux de croissance du PIB, cette méthode permet d'isoler le surplus distribuable, c'est-à-dire le surcroît de richesse qui peut être affecté à l'amélioration du pouvoir d'achat du travail et du capital.

Trois enseignements déterminants s'en dégagent :

– Au cours des 15 dernières années, le taux de croissance de la productivité globale des facteurs a été au plus égal à deux points de PIB. Après rémunération des nouveaux facteurs de production, l'enveloppe disponible pour améliorer le pouvoir d'achat du travail et du capital ne représente que la moitié du taux de croissance du PIB ;

– la rémunération globale du travail salarié reçoit en moyenne les trois-quarts de cette enveloppe ;

– les gains de pouvoir d'achat de la rémunération brute des salariés ne se traduisent pas par des gains équivalents pour les salaires nets en raison de la forte progression des cotisations sociales. Si le travail et le capital contribuent à la formation du surplus, trois acteurs se le partagent : les salariés, les investisseurs et les assurés sociaux. Dans la période récente, le poids du prélèvement social affecté au financement des prestations sociales a ainsi fortement pesé sur les gains de pouvoir d'achat des actifs.

Une législation toujours plus généreuse

Depuis 1945, un mouvement continu d'amélioration de la condition des retraités est intervenu : dans le régime général, par exemple, sept types de mesures ont été prises :

– le taux moyen de la pension a été augmenté. Fixé à 40% en 1948, il a été porté à 50% en 1971 ;

– le revenu servant de base au calcul de la pension a été modifié : ce sont les 10 meilleures années de salaire

FORMATION ET DISTRIBUTION DU SURPLUS DE PRODUCTIVITÉ GLOBALE DES FACTEURS (EN % DU PIB DE L'ANNÉE N-1, MOYENNE ANNUELLE)

	1971-73	1974-82	1983-87	1988-89
Taux de croissance du PIB	4,7	2,4	1,6	3,8
Accroissement des facteurs de production	2,4	1,2	0,6	1,8
Productivité globale des facteurs de production	2,3	1,2	1,1	2,0
Apport de l'extérieur (termes de l'échange)	0,6	- 0,6	0,6	0,1
Surplus distribuable	2,9	0,6	1,7	2,1
Capital	0,7	- 0,7	1,0	0,6
Administrations	- 0,2	- 0,3	0,2	- 0,2
Travail	2,4	1,6	0,5	1,7
Entrepreneurs individuels	0,7	0,2	0,2	0,7
Salariés	1,7	1,4	0,3	1,0
Gain net du travail salarié	1,2	0,7	- 0,3	0,2

qui sont prises en considération depuis 1973 au lieu des dix dernières auparavant ;

– la durée d'assurance prise en compte est passée de 30 ans à 37,5ans pour mieux tenir compte de l'allongement de la durée d'activité ;

– la validation gratuite des périodes d'inactivité (chômage, périodes d'éducation des enfants) a été constamment enrichie ;

– des minima de pension ont été créés (1983 pour le régime général) ;

– les conditions d'attribution des pensions de reversion ont été élargies et assouplies ;

– la revalorisation des pensions fondée sur l'évolution des salaires moyens bruts a été extrêmement favorable aux retraités. Ils sont ainsi restés, pour l'essentiel, à l'écart des prélèvements supplémentaires imposés aux actifs (les cotisations salariales sont passées de 8,2% en 1971 à 18% aujourd'hui). Depuis le début des années 80, dans le souci d'une meilleure parité d'évolution avec les revenus des actifs, se sont succédé des indices fondés sur l'évolution des salaires nets ou des prix assurant ainsi le maintien du pouvoir d'achat des retraités.

Parallèlement à cette croissance des droits directs et dérivés, des efforts complémentaires ont été faits en matière de délais de liquidation des pensions et de développement des régimes complémentaires. Le minimum vieillesse a fait l'objet à deux reprises en 1974 et surtout en 1981 de très importants relèvements.

Enfin l'abaissement de la durée minimum d'assurance requise a permis d'ouvrir des droits à la retraite aux salariés à carrière très courte.

PENSIONS, SALAIRES, PRIX
INDICE (BASE 100 1970)

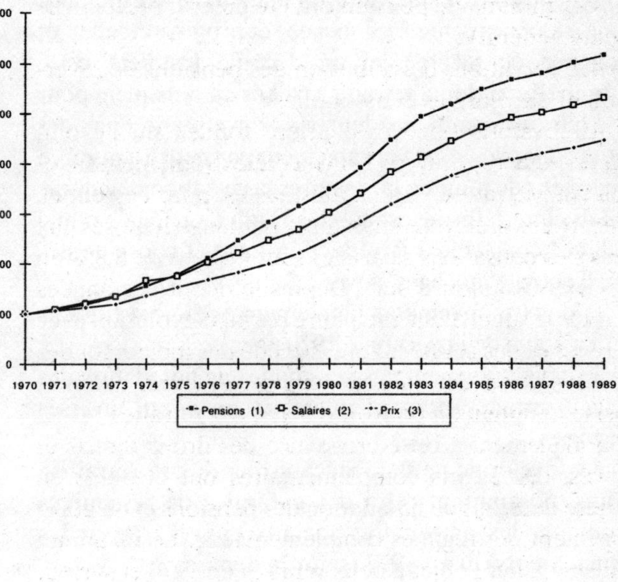

1. Revalorisation des pensions (retraité imposable).

2. Moyenne des évolutions de salaires par catégorie socio-professionnelle.

3. Évolution des prix.

La retraite à 60 ans

Mais depuis la loi Boulin de 1971, c'est incontestablement l'abaissement de l'âge de la retraite à 60 ans qui a constitué la percée sociale la plus décisive.

Cette réforme est l'aboutissement d'une revendication sociale ancienne. L'inégalité fondamentale d'espérance de vie, selon les catégories sociales et professionnelles, et l'exigence de justice qui en découle justifient cette réforme. Accorder la retraite à 60 ans au taux plein pour ceux qui ont commencé leur vie active jeune dans des métiers difficiles, c'est véritablement permettre à nombre de citoyens de jouir de la vie après la cessation d'activité.

Mais cette réforme est aussi la traduction légale d'une tendance constatée à la réduction forte et continue des taux d'activité aux âges élevés.

Ces deux mouvements convergents s'étaient traduits tout au cours de la décennie 1970 par :

– le développement des possibilités de liquidation des droits à retraite à taux plein, dès 60 ans, pour diverses catégories [1] ;

– le développement de mécanismes de pré-retraite à 60 ans, notamment celui des garanties de ressources créées par les partenaires sociaux en 1972 (pour les licenciements) et en 1977 (pour la démission).

1. Invalides, assurés inaptes au travail, déportés et internés, anciens combattants et prisonniers de guerre, travailleurs manuels et ouvrières mères de famille.

Le succès de ces formules a entraîné un coût financier important. 80% des salariés âgés de 60 ans et plus étant en situation d'inactivité dans ces tranches d'âge.

Les réformes menées en 1982/83 offrent à tout salarié la faculté de prendre une retraite à taux plein à 60 ans dès lors qu'il a cotisé 37,5ans. Le coût net de ces mesures sur 10 années pleines (1984/1993) sera en moyenne de 1,5 point de cotisation, à comparer aux 20 points de cotisation d'assurance vieillesse des salariés.

Au total, des cotisants plus nombreux et mieux rémunérés ont permis pendant plus de 30 ans d'attribuer à des retraités plus nombreux des pensions plus élevées. Cela était d'autant plus facile que les améliorations de législation décidées notamment dans les années 70 n'ont souvent valu que pour les futurs retraités, reportant ainsi leur coût à un terme de quinze-vingt ans. Mais ce mouvement qui a porté les dépenses de retraite dans le PIB de 5,1% en 1960 à 10,3% en 1980 et qui paraissait s'entretenir de lui-même s'est enrayé depuis une quinzaine d'années et est à l'origine du débat public sur les retraites qui anime notre pays : comment faire face, avec des ressources progressant moins vite du fait du ralentissement de la croissance des cotisants et de leurs revenus d'activité, à des dépenses de retraite croissant sous le triple effet de l'arrivée à maturité des régimes de retraite, de l'allongement de l'espérance de vie et d'un nombre de retraités plus élevé ?

3. ACTIFS/RETRAITÉS : LA PARITÉ ACQUISE

Caractériser la situation actuelle des retraités n'est pas simple :

– Le niveau des pensions moyennes versées par les régimes ne renseigne pas sur le montant total des pensions perçues par un même retraité. Nombre de retraités reçoivent plusieurs pensions, ce sont des « polypensionnés ».

– Le montant des pensions perçues par un retraité ne permet pas de connaître le niveau total de ses ressources car il peut disposer de revenus de la propriété et cumuler dans le cadre de son ménage plusieurs pensions. Si l'on veut mener des comparaisons avec les revenus des actifs, il faut appréhender la totalité des ressources des retraités au niveau des ménages et tenir compte des charges de famille.

– Enfin, le niveau des revenus ne suffit pas à caractériser la situation matérielle. Il n'y a pas de retraité moyen mais seulement des conditions particulières. De plus, les inégalités sont cumulatives et les difficultés de vivre sont plus accusées parmi les inactifs. Deux éclairages complémentaires portant sur les patrimoines et les avantages en nature s'imposent pour donner une vue d'ensemble de la situation matérielle des retraités.

Des retraités « polypensionnés »

Jusqu'à une date très récente (1988), on ignorait le nombre exact de retraités et le niveau de leurs retraites. C'est là l'effet d'une organisation du régime vieillesse par caisses. Celles-ci ne connaissent que leurs ressortissants et le montant des pensions qu'elles leur versent. Or un même retraité peut toucher plusieurs pensions. Le service des études statistiques du ministère des Affaires Sociales et de la Solidarité (SESI) a donc procédé à une enquête auprès des caisses à partir d'un échantillon de personnes âgées de plus de 65 ans.

L'enquête établit que les retraités sont en majorité des « polypensionnés » : un retraité ayant effectué une carrière complète [1] (soit près de 3/4 des hommes) bénéficie en moyenne de 2,8 pensions de retraite (1,5 pension de base et 1,3 pension complémentaire).

1. Les retraités « carrière complète » justifient d'une durée moyenne de cotisation de 150 trimestres au moment de la liquidation de leurs droits à la retraite.

	Ensemble	Hommes	Femmes	Droits directs	Droits dérivés
Pension mensuelle moyenne-ensemble des retraités	5 002 F	6 613 F	3 504 F	5 231 F	3 067 F
Pension mensuelle moyenne-retraités « carrière complète »	6 358 F	7 135 F	4 250 F	nd	nd

Sources SESI
en francs

En toute rigueur, dès lors que l'on cherche à apprécier le caractère plus ou moins favorable des régimes de retraite et que l'on s'interroge sur les éventuelles mesures à prendre, l'analyse doit reposer sur la situation des retraités « carrière complète » qui illustrent le niveau de prestation offert par un régime. Les problèmes spécifiques des retraités aux carrières incomplètes ne peuvent être réglés par une action sur les paramètres d'ensemble qui, par définition, auraient un effet général.

Pour être significative, l'analyse doit également moins s'attacher au niveau moyen de la pension de l'ensemble des retraités qu'au niveau moyen des pensions servies dans chacun des principaux blocs de régime.

NIVEAU MOYEN DES PENSIONS (HOMMES ET FEMMES) CARRIÈRE COMPLÈTE - 1988

Fonctionnaires	10 026 F
Salariés de l'Industrie et du Commerce	7 149 F
Artisans/Commerçants	2 858 F
Exploitants agricoles	1 720 F

Source SESI

Les non-salariés se situent en bas de l'échelle. Ceci correspond à un choix de solidarité et d'effort contributif minimal qui trouve sa contrepartie dans une stratégie d'accumulation patrimoniale durant la vie active.

Les fonctionnaires bénéficient en moyenne d'une pension plus élevée. Cela tient au fait que les petites retraites sont quasiment inexistantes dans la fonction publique et que la qualification moyenne y est plus élevée que dans le privé. A qualification comparable, la situation est beaucoup moins différenciée. Ainsi, un agent de catégorie A perçoit en moyenne une retraite d'un montant équivalent à celle d'un cadre du privé ayant cotisé 15 ans à une caisse complémentaire.

Si l'on rapproche pour les salariés de l'industrie et du commerce ayant eu une carrière complète la pension moyenne hors avantages accessoires du salaire moyen des actifs actuels, on constate que l'écart est inférieur à 10%.

	Salaire moyen net	Retraite moyenne	Retraite/Salaire
Hommes	9 233 F	8 481 F	92 %
Femmes	7 008 F	5 018 F	73 %

Source SESI

Mais pour l'inactif, l'élément le plus directement perceptible est certainement le rapport de la pension au dernier revenu d'activité qui caractérise la diminution de revenus due à la mise à la retraite. L'appréciation en est délicate car les données manquent. On peut toutefois approcher l'information recherchée par l'étude des dossiers de liquidation de pensions d'un échantillon représentatif de retraités. Réalisé sur la génération née en 1922, cette étude montre que, pour les retraités totalisant une carrière complète et ayant occupé en dernier lieu un emploi de salarié dans le secteur privé, le taux de remplacement du dernier salaire par la pension s'établit en moyenne à 80%.

Une forte disparité entre retraités

10% des retraités perçoivent plus de 10 740F par mois au titre des pensions principales; alors que 10% reçoivent moins de 1 770F (ceux-ci ayant droit au minimum vieillesse, touchent en principe 2 980F). La dispersion des retraites est beaucoup plus forte que celle des salaires.

L'écart homme/femme en niveau de salaire et durée de cotisation, les différences entre générations au profit des plus jeunes retraités et l'importance des catégories de non-salariés parmi les retraités actuels expliquent les écarts constatés.

DISPERSION[1] DES RETRAITES ET DES SALAIRES

	Ensemble des retraités	Retraités anciens salariés du secteur privé	Salariés actifs
Hommes	5,3	3,3	3,2
Femmes	7,2	2,8	2,5

Le minimum vieillesse : deux fois moins de bénéficiaires

Signe de la nette amélioration de la condition des retraités consécutive à la montée en charge des différents régimes, le nombre des bénéficiaires du minimum vieillesse a diminué de moitié en 30 ans. Le profil de la population concernée confirme ce constat puisqu'il s'agit essentiellement de personnes isolées, singulièrement de femmes, d'un âge moyen de 78 ans, aux carrières courtes. Enfin, les sommes que le budget de l'Etat consacre à cette action sont en régulière diminution sous le double effet de la baisse du nombre des bénéficiaires et de l'allocation différentielle versée.

1. La dispersion est mesurée par le rapport interdécile calculé comme le quotient entre les pensions perçues par les 10% de retraités les mieux payés et les 10% les moins bien payés.

PROPORTION DE BÉNÉFICIAIRES DU FNS PARMI LA POPULATION TOTALE (EN%)

	Hommes	Femmes	Ensemble
60/64 ans	3,3	3,9	3,6
65/69 ans	6,1	7,2	6,8
70/74 ans	8,9	11,9	10,6
75/79 ans	12,9	25,4	15,7
80/84 ans	17,9	26,6	23,1
85/89 ans	22,1	32,1	29,3
90 ans et plus	24,4	40,3	37,0

Sourse SESI

Le niveau de vie des retraités

Très logiquement, on trouve dans la ventilation des ressources des retraités des effets de génération et de statut professionnel.

Pour les anciens commerçants et artisans et les professions libérales, les pensions pèsent d'un poids nettement moindre que pour les salariés (54,1% contre 85%). Les revenus de la propriété expliquent l'essentiel de la différence. On retrouve ainsi à l'âge de la retraite les différences d'effort contributif et, corrélativement, des différences dans le patrimoine accumulé.

Les écarts entre générations de retraités qui s'expliquent par la proportion plus importante de non-salariés, de femmes seules et de carrières incomplètes, se trouvent confirmés au niveau du revenu fiscal. Ainsi un ménage dont le chef est âgé de plus de 81 ans déclare un revenu fiscal inférieur de près de 30% à celui d'un foyer dont le chef a 65 ans.

ANNÉE DE NAISSANCE DU RETRAITÉ

1988 *en francs par mois*	1906 (82 ans)	1912 (76 ans)	1918 (70 ans)	1922 (66 ans)	ensemble
Ensemble des retraités	4 323	4 821	5 248	5 227	5 002
Retraités « carrière complète »	4 706	5 618	6 321	6 293	5 982

Sourse SESI

Mais la question essentielle, celle autour de laquelle tourne le débat sur le revenu des retraités, est celle de la parité de ressources entre actifs et retraités. Une comparaison, pour être pertinente, doit tenir compte de la taille des ménages et porter donc sur les revenus moyens par unité de consommation.

Indice 100 : Ensemble	Revenu moyen par ménage	Revenu moyen par personne	Revenu moyen par unité de consommation
Moins de 26 ans	58,9	83,9	78,2
26-30 ans	87,1	84,5	88,2
31-40 ans	112,4	84,3	92,5
41-50 ans	128,2	96,9	99,6
51-60 ans	113,2	114,9	110,4
61-65 ans	95,5	124,6	114,1
66-70 ans	88,7	129,7	116,2
Plus de 70 ans	68,7	121,2	104,3
Ensemble (Francs courants)	114 700	43 200	55 800

Source : INSEE, enquête sur les revenus fiscaux 1974.

En prenant pour base les données de l'enquête INSEE sur les revenus fiscaux de 1984, on aboutit aux résultats suivants :

Si l'indice 100 correspond au revenu de l'ensemble des ménages, les ménages de 41/50 ans disposent d'un revenu d'indice 128,2 alors que les ménages de 66/70 ans sont à l'indice 88,7, soit un écart de 30% au profit des ménages d'actifs. En rapportant le revenu à la taille des ménages, l'écart s'inverse et passe à 25% au profit des retraités en termes de revenus par personne. Mais un individu a des besoins différents en fonction de son âge. Il convient dès lors de rapporter le revenu au nombre d'unités de consommation[1]. Sur cette base, la différence au profit des retraités de 66/70 ans est de 16,7%.

COMPARAISON DE REVENU DISPONIBLE PAR UNITÉ DE CONSOMMATION (REVENUS DE 1988)

Foyers fiscaux dont l'âge du déclarant est supérieur à 60 ans	Indice Base 100
Foyers dont le déclarant a un salaire	
a) Couple marié dont l'âge du déclarant et du conjoint est inférieur ou égal à 60 ans	
Ensemble	103
sans enfant	132
1 enfant	110
2 enfants	95
3 enfants et plus	64
b) Personnes seules avec enfant(s)	82

Ces données mettent en évidence le fait que, en moyenne, le niveau de vie d'un foyer de retraités âgés de plus de 60 ans est :

– sensiblement plus élevé que celui des personnes seules avec enfant ;

1. Conventionnellement on considère qu'un adulte représente 0,7 unité de consommation (UC), un enfant 0,5 et l'on compte pour 0,3 UC les frais fixes d'un ménage. Ainsi, un couple avec deux enfants représente 2,7 UC.

REVENU DISPONIBLE PAR UNITÉ DE CONSOMMATION (INDICE BASE 100 = ENSEMBLE DES FAMILLES DONT LE CHEF EST SALARIÉ)

	dans le ménage	dans le foyer
Foyers fiscaux dont le chef est un inactif âgé de plus de 60 ans :		
Ensemble dont :	102	100
Foyers isolés	105	105
Foyers cohabitants	99	84
Foyers fiscaux dont le chef est salarié :		
Ensemble dont :	100	
Couples de 2 actifs :	113	
sans enfant	139	
avec 1 enfant	113	
avec 2 enfants	104	
avec 3 enfants et plus	90	
Couples d'un actif et d'une inactive :	84	
sans enfant	127	
avec 1 enfant	87	
avec 2 enfants	79	
avec 3 enfants et plus	63	
Personnes seules avec enfant(s)	84	

Source : Enquête sur les revenus fiscaux des ménages en 1984

– plus élevé que celui de tous les couples composés d'un actif et d'une inactive ayant un enfant ou plus ;

– pratiquement équivalent à celui des couples composés de deux actifs et ayant deux enfants.

Le patrimoine et les avantages en nature

Le patrimoine est source de revenus, il est aussi source d'économies. La possession d'un logement évite par exemple le paiement d'un loyer et procure donc, à revenu identique, un niveau de vie supérieur. Or, près des deux-tiers des retraités sont ainsi propriétaires de leur résidence principale.

L'Etat à travers certaines déductions fiscales et exonérations de charges sociales, les collectivités locales, sous des formes multiples (carte santé, utilisation gratuite des transports urbains, voyages à prix préférentiels...), et les entreprises (SNCF, RATP, Air France) accordent le bénéfice de certaines dispositions favorables aux personnes âgées. Ces avantages sont pour les plus démunies d'entre elles des conquêtes sociales majeures et constituent un élément important de leur niveau de vie.

Il faut se garder au terme de cette analyse statistique de conclure à l'universelle prospérité des retraités, ne serait-ce qu'à cause des inégalités mises en évidence. Or, les inégalités sont cumulatives, ce sont donc les retraités aux plus faibles pensions qui vivent isolés et parfois dans la dépendance.

Mais, ces réalités ne doivent pas dissimuler la transformation historique de la situation des retraités depuis une quarantaine d'années. Elle se compare souvent avantageusement à celle des générations intermédiaires en activité surtout lorsqu'elles ont charge de famille. Elle est à bien des égards meilleure que celle de beaucoup de Français, parmi les plus jeunes, qui, sous l'effet en particulier du chômage, ont vu depuis une quinzaine d'années leur perspective d'insertion professionnelle et sociale se détériorer sensiblement.

Cette transformation permet aux personnes retraitées de participer pleinement à la vie sociale et culturelle du pays ; la vitalité de leurs associations et les responsabilités grandissantes qu'elles exercent dans la vie quotidienne en portent témoignage.

*

La satisfaction légitime devant l'œuvre accomplie ne doit cependant pas masquer la perspective : les générations qui ont permis cette avancée arrivent à leur tour à l'âge de la retraite et sont en droit d'attendre de générations moins nombreuses le même effort de solidarité. C'est à prendre la mesure démographique, économique et financière de l'évolution inéluctable de nos systèmes de retraite à législation inchangée qu'il faut à présent s'attacher. L'enjeu est donc là : la répartition étant un contrat implicite entre les générations, quelles peuvent en être les bases à l'horizon 2010 et au-delà ?

TAUX DE DÉTENTION D'ACTIFS FINANCIERS ET IMMOBILIERS

	Livret	Epargne logement	Valeurs mobilières	Résidence principale	Autre logement (secondaire ou de rapport)	Logement (ensemble)
Age (de la personne de référence)						
Moins de 30 ans	82	30	81	6	4	20
de 30 à 39 ans	82	35	17	49	10	56
de 40 à 49 ans	81	36	21	58	21	67
de 50 à 59 ans	79	35	23	65	30	73
de 60 à 69 ans	82	27	26	65	26	70
70 ans et plus	83	13	22	55	18	60
Catégorie socio-professionnelle (de la personne de référence)						
Agriculteur	83	47	16	77	27	80
Artisans, commerçants, chefs d'entreprise	78	42	26	66	32	74
Cadres	85	54	49	58	36	75
dont professions libérales	80	58	54	58	38	74
Professions intermédiaires	88	43	27	55	19	63
Employés	79	26	9	37	11	43
Ouvriers	78	25	7	44	10	49
Retraités	83	19	23	60	19	64
Autres inactifs	77	15	17	38	15	44
Ensemble	82	29	20	52	18	59

Source : INSEE, enquête sur les actifs financiers 1986.
Lecture : 64 % des retraités possèdent un logement.

DEUXIÈME PARTIE

Les défis démographiques et financiers

Prévoir les besoins de financement des régimes de retraite à l'horizon 2010, voire au-delà, peut passer pour une gageure tant ces régimes sont différents, les incertitudes sur les variables économiques fortes et les hypothèses risquées dans un domaine où la connaissance des évolutions entraîne mécaniquement des changements de comportements. Pourtant, l'exercice n'est pas vain, car, d'une part, les évolutions démographiques sont déjà connues, et, d'autre part, on peut limiter l'incertitude des paramètres économiques par l'élaboration d'hypothèses plus ou moins favorables. Au total, si l'avenir des retraites comporte une part d'imprévisible, des prévisions raisonnées et contradictoires peuvent éclairer les trajectoires du probable.

L'équilibre d'un régime en répartition repose sur l'évolution du ratio cotisants/retraités. L'exercice de la prévision comporte donc trois étapes :

– la réalisation de projections socio-démographiques (structure par âge de la population, taux d'activité, taux de chômage) ;

– la formulation d'hypothèses macro-économiques

en matière de croissance, de productivité, d'emploi et de salaires ;

– l'établissement des balances financières des régimes de retraite à partir d'hypothèses faites sur l'évolution de la pension moyenne et du salaire brut par tête.

La démographie nous fournit les clés de la déformation du rapport cotisants/retraités, l'économie nous donne des indications sur le partage de la productivité, et le calcul financier autorise un chiffrage des besoins de financement à l'horizon de la prévision.

1. LE DÉFI DU VIEILLISSEMENT

La variable clé des régimes de répartition réside dans ce que l'on nomme le taux de dépendance, ou rapport entre inactifs de plus de 60 ans et cotisants. Etablir la taille respective de ces deux populations est l'objectif des projections socio-démographiques.

La démographie évolue en fonction des taux de fécondité, des taux de mortalité, des flux migratoires et de la taille des générations antérieures.

Dès lors plusieurs scénarios démographiques sont envisageables à l'horizon d'un demi-siècle.

L'indicateur conjoncturel de fécondité s'établit à 1,8 enfant par femme. Le maintien de ce taux paraît une hypothèse raisonnable, de même que l'hypothèse d'une évolution tendancielle prolongeant l'allongement séculaire de l'espérance de vie.

A court terme les différentes hypothèses de fécondité (maintien à 1,8 ou passage à 2,1, seuil de renouvellement des générations) ne sont d'aucun effet sur la structure des âges puisque les jeunes et les retraités de l'an 2010 sont déjà présents. Mais, à un horizon plus lointain, les changements seront importants et rapides. Ainsi, il y aura en 2020 une personne âgée de plus de

60 ans pour deux personnes de 20/59 ans contre trois aujourd'hui : le défi démographique apparaît ici dans toute son ampleur.

La baisse des taux d'activité due à une scolarité prolongée et à un retrait anticipé du marché du travail et la croissance régulière du taux d'activité féminine pèsent sur l'évolution socio-démographique à moyen et long terme. L'évolution la plus inquiétante réside dans la baisse prononcée des taux d'activité après 55 ans. Or, inverser ce mouvement suppose un changement radical des comportements des employeurs, de vigoureux efforts de formation professionnelle, voire des incitations au maintien en activité.

Ce n'est que sous l'hypothèse d'une élévation du taux d'activité des plus de 55 ans que la décroissance de la population active serait limitée à partir de 2005.

Encore faut-il savoir que la France partage avec l'Italie les taux d'activité au-delà de 55 ans les plus bas dans les pays de l'OCDE et que la diminution de ce taux en France est le signe d'une régulation de l'emploi par l'exclusion des travailleurs vieillissants.

TAUX D'ACTIVITÉ DES PERSONNES AGÉES (EN %)

	55-64 ans				65 ans et plus			
	1960	1970	1980	1988	1960	1970	1980	1988
France	59,3 [1]	56,8	53,4	39,2	19,1 [1]	12,8	5,0	2,9
Allemagne	52,9 [1]	50,3	42,8	41,3	14,0 [1]	10,4	4,5	3,1
Canada	54,4	56,7	53,9	50,5	17,6	13,0	8,9	7,1
Etats-Unis	60,1	60,4	55,1	54,1	19,2	16,0	11,9	10,3 [3]
Italie [2]	37,4	28,8	24,5	22,5	19,3	7,0	7,5	4,9 [4]
Japon	66,4	64,1	63,0	63,0	39,6	31,8	26,3	23,8
Royaume- Uni	58,8	63,9	59,4	51,9	13,4	11,6	6,2	4,8

Source : OCDE, Statistiques de la population active.

(1) Chiffres de 1962
(2) La première tranche d'âge est celle de 60-64 ans
(3) Chiffres de 1986
(4) Chiffres de 1987

Actuellement, le taux de chômage s'établit à 9%. Deux hypothèses de réduction sont faites ; l'une lente et progressive (le taux de chômage passerait à 8% en 2005-2010, puis à 6% à partir de 2030), l'autre sensiblement plus rapide (le taux de chômage s'établirait à 4,5% en 2005 puis à 3% en 2030).

En combinant les hypothèses de fécondité, de taux d'activité et de chômage, on peut définir 8 variantes socio-démographiques. Mais dans tous les cas de figure le ratio cotisants/retraités connaîtra une profonde dégradation.

LES HUIT VARIANTES

Variante	Fécondité (enfants/femme)	Taux d'activité de 55 à 64 ans *	Chômage : résorption
1	1,8	stables à partir de 2010	lente
2	1,8	stables à partir de 2010	rapide
3	1,8	reprise à partir de 2005	lente
4	1,8	reprise à partir de 2005	rapide
5	2,1	stables à partir de 2010	lente
6	2,1	stables à partir de 2010	rapide
7	2,1	reprise à partir de 2005	lente
8	2,1	reprise à partir de 2005	rapide

Les comportements démographiques évoluent lentement, appliqués à des structures démographiques en mutation, ils amplifient le mouvement. Or c'est bien ce qui devrait se passer à partir de 2005 avec l'arrivée à l'âge de la retraite des générations du baby boom. A cet horizon, en effet, ce sont des classes creuses d'actifs qui devront cotiser pour assurer les retraites des classes pleines du baby boom parvenues à l'âge de la retraite.

* Jusqu'en 2005, les taux d'activité évoluent comme dans la projection tendancielle de l'INSEE (1985).

Si l'on établit sur la base de ces diverses hypothèses combinées dans 8 variantes, des prévisions sur l'évolution du taux de dépendance, on aboutit aux résultats suivants :

– le taux de dépendance ne devrait guère être inférieur à 60% en 2040. Il y aurait dans l'hypothèse la plus favorable 1,7 cotisant par retraité [1]. Dans les moins favorables, il n'y en aurait plus que 1,3 ;

– le ratio cotisants/retraités devrait se dégrader d'au moins 30% d'ici à 2040. Dans l'hypothèse la plus pessimiste, cette dégradation atteindrait 60%.

L'exercice comporte des limites inhérentes aux hypothèses faites. C'est ainsi que l'hypothèse d'évolution tendancielle de la mortalité minore le vieillissement de la population. La stabilité implicite de la durée du travail est elle-même une hypothèse favorable. Enfin, si en accord avec les orientations de politique gouvernementale, les projections démographiques sont faites à flux migratoire nul, on ne peut exclure à long terme qu'une économie qui connaîtrait de forts besoins de main-d'œuvre ne provoque une certaine reprise de l'immigration, d'autant que la population active devrait diminuer à partir de 2005. Ces réserves n'invalident cependant pas l'essentiel des perspectives qui viennent d'être données : celles d'un choc démographique majeur à partir de 2005-2010, dont les effets pourraient être atténués, mais en aucun cas effacés, à moyen terme, par une réduction rapide du chômage et, à long terme, par une évolution plus favorable de la fécondité et des taux d'activité.

1. 3 en 1970, 2,2 en 1990, 1,9 en 2010.

TAUX DE DÉPENDANCE DE LA POPULATION (= INACTIFS DE 60 ANS ET PLUS) COTISANT (EN %)

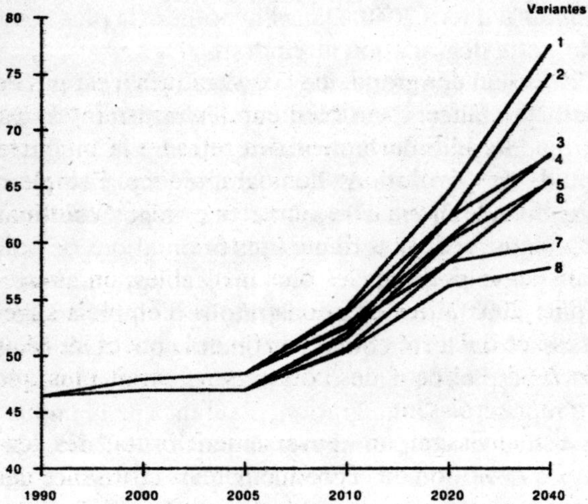

2. LE PLAFONNEMENT DE LA PRODUCTIVITÉ ET SES EFFETS

L'évolution des grandeurs économiques n'est pas de nature à relâcher sensiblement les contraintes qui pèseront sur le financement des retraites. Comparée au poids des évolutions démographiques, l'ampleur des marges de manœuvre ouvertes par les évolutions économiques sera sans doute limitée.

Dans les hypothèses les plus favorables, on assisterait d'ici 2005 à des créations nettes d'emplois supérieures à ce qui a été réalisé à la fin des années 80. Mais après 2005, l'effectif des cotisants ne serait plus que légèrement croissant.

Sauf à envisager un renversement brutal des tendances d'évolution de la productivité, la croissance des salaires réels ne retrouvera pas dans un avenir prévisible le rythme particulièrement soutenu des « trente glorieuses » (1945-1975). La décision d'affecter la totalité des progrès de productivité à l'amélioration du pouvoir d'achat des salaires, soit 2% par an, doit donc être considérée comme favorable.

3. L'EXPLOSION DES BESOINS DU FINANCEMENT

Munis de ces jeux complets de projections qui se résument dans une échelle de taux de dépendance et d'hypothèses complémentaires sur les évolutions de la pension moyenne et du salaire brut, il devient possible de déterminer les charges et les besoins de financement des régimes de retraite. En effet, si l'on ramène à un régime unique fictif l'ensemble des régimes de retraite de base et complémentaires des salariés et des non-salariés, il devient possible de déterminer l'impact macro-économique à long terme (horizon 2040) de la dérive des prestations d'assurance à législation inchangée. C'est précisément l'objectif de la maquette MARGARET de la Direction de la Prévision. Mais les gestionnaires des régimes de base et complémentaires réalisent des prévisions beaucoup plus fines sur la base de données réelles à l'horizon 2010. En les consolidant, on peut grandement améliorer la connaissance des évolutions probables.

La simulation MARGARET à régime unique

A l'horizon 2040, toutes les variantes font apparaître une très forte progression des besoins de financement et donc des taux de cotisation d'équilibre à partir de 2005. Dans les meilleures hypothèses de fécondité, de recul du chômage et d'élévation du taux d'activité, le taux de cotisation ne serait jamais inférieur à 30%, ce qui représenterait déjà une augmentation de 50%. Dans les hypothèses les plus sombres, le taux de cotisation atteindrait 42%, soit un doublement par rapport à aujourd'hui.

TAUX MOYEN DE COTISATION
ENSEMBLE DES RÉGIMES DE RETRAITE
(EN %)

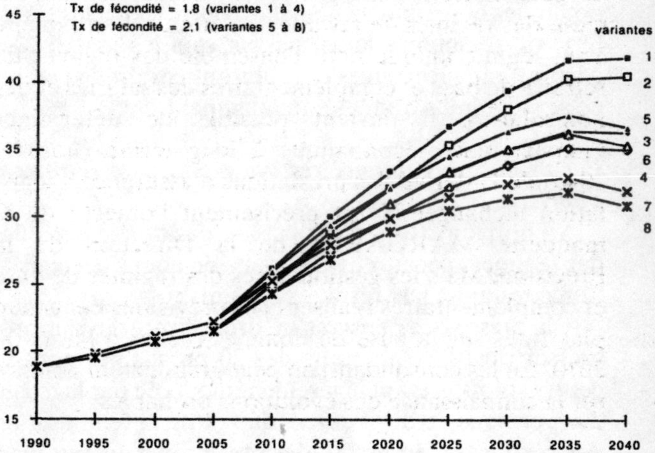

Ces projections tendancielles de long terme donnent la mesure du défi posé au financement des régimes de retraite :

– c'est un problème de long terme, permanent au cours des 5 prochaines décennies ;

– si des besoins de financement apparaissent à l'horizon des 15 prochaines années, ils sont d'un montant modéré par rapport à leur ampleur à partir de 2005 ;

– l'entrée en inactivité des générations nombreuses du baby-boom à partir de 2005 accélère brutalement la détérioration de la situation financière des régimes.

Face à une dérive potentielle aussi rapide du taux de cotisation vieillesse, avec des hausses répétées et cumulatives, il existe des risques de déséquilibres économiques et sociaux majeurs. En outre, avec des transferts de ressources aussi massifs vers les inactifs, les générations successives qui subiront ces prélèvements ne seraient plus traitées équitablement.

Les projections financières des régimes de retraite à l'horizon 2010

A l'horizon 2010, et sur la base des données réelles des régimes spéciaux et généraux, on aboutit, à législation constante, aux résultats suivants :

– la masse des pensions de droit direct devrait progresser de 109% au cours des 20 prochaines années, cette évolution étant légèrement modérée par la masse des pensions de droit dérivé du fait de la féminisation des régimes. L'ensemble des prestations devrait ainsi passer de 627 à 1257 milliards de francs entre 1990 et 2010, soit un doublement ;

– le besoin global des régimes de retraite à l'horizon 2010 s'établit à 307 milliards de francs de 1990. Le régime général voit sa part relative croître (de 34 à 46%) ainsi que sa part dans le besoin de financement, notamment du fait d'une hypothèse généreuse de revalorisation des pensions sur les salaires bruts ;

– le régime des fonctionnaires civils est confronté à des difficultés financières de même ampleur que celles du régime général : environ 11 points de cotisation contre 8 pour le régime général ;

– sur la base de prévisions établies par les organismes intéressés, les deux principaux régimes de retraite complémentaire devraient connaître une détérioration de leur situation financière légèrement moins forte que celle des principaux régimes de base [1].

1. Les projections faites par les régimes complémentaires ne prennent en compte par convention que les retraités de 65 ans et plus. Ceci explique pour une grande part que le rapport démographique de ces régimes soit au premier abord plus favorable. Par ailleurs, l'AGIRC revalorise ses prestations sur les prix.

RATIOS COTISANTS/RETRAITÉS EN 1990 ET 2010

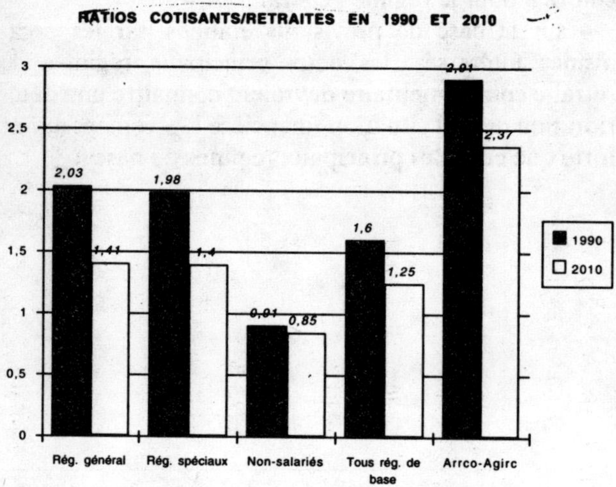

DÉCOMPOSITION DE L'ÉVOLUTION DE LA MASSE DES PENSIONS DE DROITS DIRECTS DE 1990 À 2010 (EN FRANCS DE 1990)

	Nombre de retraités	Pension moyenne hors revalorisation	Revalorisation	TOTAL
Régime général	+ 76 %	+ 5,3 %	+ 48,6 %	+ 175,4 %
Régimes spéciaux des fonctions publiques	+ 69,4 %	+ 5,1 %	+ 0,0 %	+ 78,2 %
Autres régimes spéciaux de salariés	- 17,9 %	+ 14,3 %	+ 0,0 %	- 6,4 %
Régimes agricoles	- 29,8 %	- 17,3 %	+ 48,6 %	- 13,7 %
Régimes des non-salariés non-agricoles	+ 41,2 %	- 2,7 %	+ 48,6 %	+115,5 %
Régimes complémentaires de salariés :				
–ARRCO	+ 40,9 %	- 0,2 %	+ 48,6 %	+108,9 %
–AGIRC	+148,4 %	- 3,8 %	+ 0,0 %	+ 139,0 %
Ensemble des régimes	+47,0 %	42 %		+ 109,9 %

BESOINS DE FINANCEMENT AVANT RÉÉQUILIBRAGE DES PRINCIPAUX RÉGIMES DE RETRAITE EN 2010 (MILLIARDS DE FRANCS DE 1990)

	1990	2010	Besoin de financement en 2010 (=variation du solde)	
Ensemble des régimes :				
– cotisations	554	889		
– prestations	628	1 260		
– compensation	2	2		
– solde [1]	- 76	- 374	298	
Régimes de base :				
– cotisations		424	645	
– prestations	488	968		
– compensation	2	2		
– solde [1]	- 65	- 324	259	
dont :				
* régime général				
– cotisations	212	384		
– prestations	215	576		
– compensation	11	11		
– solde [1]	- 13	- 203	190	soit 7,8 points de cotisations
* régime des fonctionnaires civils				
– cotisations	88	108		

1. Solde = cotisations - prestations + compensations

	1990	2010	Besoin de financement en 2010 (=variation du solde)	
– prestations	74	123		
– compensation	15	14		
– solde [1]	0	- 29	29	soit 11 points de cotisations
* autres régimes spéciaux				
– cotisations	94	112		
– prestations	118	155		
– compensation	- 1	- 3		
– solde [1]	- 23	- 41	18	
* autres régimes de base :				
– cotisations	29	41		
– prestations	81	113		
– compensation	- 22	- 20		
– solde [1]	- 29	- 52	23	
Régimes complémentaires de salariés				
– cotisations	129	244		
– prestations	140	293		
– solde	- 11	- 49	38	
dont :				
* ARRCO				
– cotisations	82	156		
– prestations	95	199		
– solde	- 13	- 43	30	
* AGIRC				
– cotisations	43	82		
– prestations	41	88		
– solde	+ 2	- 6	8	

4. LE SCÉNARIO DE L'INACCEPTABLE

Le choix a été fait jusqu'ici de maintenir un certain équilibre entre les niveaux moyens respectifs des revenus d'activité et des pensions. Or, la dérive spontanée du système à législation constante conduit mécaniquement à une rupture de cet équilibre en faveur des inactifs. Ainsi, l'indicateur de parité de ressources (rapport de la pension moyenne au revenu brut moyen d'activité) partant de la base 100 en 1990 passerait à 118,7 en 2010 et à 132,9 en 2040. Si on calcule un rapport pension moyenne sur revenu net des cotisations sociales l'indicateur s'établit à 128,5 en 2010 et 181 en 2040 (avec un indicateur de fécondité à 1,8). *Ces évolutions moyennes ne peuvent en aucun cas être considérées comme équitables, c'est le choix même de la répartition comme contrat implicite de solidarité entre générations qui serait gravement mis en cause.* L'évolution tendancielle à législation inchangée des charges des régimes de retraite mettrait ces derniers gravement en péril. On ne peut donc envisager que les générations du « baby-boom » soient sacrifiées et elles subissent à la fois le relèvement des prélèvements et la réduction des prestations.

Au-delà de la grave rupture de l'équité entre générations qu'une telle dérive du système entraînerait, on pourrait assister à des déséquilibres économiques en cascade provoqués par la hausse des prélèvements obligatoires.

Cela provoquerait notamment un renchérissement du coût du travail qui accélérait la substitution du capital au travail. De plus, la part grandissante dans le patrimoine des ménages des droits à retraite pourrait fonctionner comme une incitation à ne pas épargner pour les jeunes et à la cessation rapide d'activité dès que les conditions légales sont remplies. Un des résultats de cette progression irraisonnée des pensions serait donc l'aggravation du chômage.

De telles évolutions iraient à l'encontre des objectifs de politique économique en période de vieillissement de la population. Maintenir l'économie sur le sentier de la croissance doit conduire à soutenir l'offre de travail et à encourager l'épargne. La maîtrise des comptes des régimes de retraite permettrait de rapprocher ces deux objectifs en assurant un partage juste et efficace du revenu entre actifs et inactifs.

*

Toutefois, il convient de rappeler que, depuis 1984, le choix a été fait de revaloriser les pensions liquidées en fonction des salaires nets, puis des prix, choix qui assure le maintien du pouvoir d'achat des retraites et garantit l'équité du partage du revenu entre les actifs et les retraités.

Ce choix, renouvelé chaque année, est repris dans plusieurs des variantes d'aménagement des régimes par répartition qui sont décrits dans la quatrième partie et contribuerait à l'équilibrage à moyen terme du régime des retraités dans le respect de l'équité entre les actifs et les retraités.

Nombre de pays développés confrontés au même problème ont déjà réagi ainsi. Avant de s'interroger sur les modalités alternatives de réalisation de l'équilibre financier du système de retraite français à l'horizon 2010, il est utile de prendre connaissance des mesures prises dans des pays comparables par leur développement économique et social.

TROISIÈME PARTIE

Hier et demain, les expériences étrangères

LES DÉPENSES DES RÉGIMES DE RETRAITE OBLIGATOIRES EN 1990 (PRÉVISIONS)
TOTAL : 705 MILLIARDS DE FRANCS

	Les salariés de l'industrie et du commerce Les salariés agricoles	Les salariés des régimes spéciaux	Les artisans	Les commerçants et industriels	Les professions libérales et CNBF	Les exploitants agricoles
Régimes facultatifs	ND	ND	ND	0,1	ND	ND
Régimes complé-mentaires obligatoires	ARRCO 95 AGIRC 49 Autres 36 180	Fonctionnaires civils et militaires ouvriers de l'Etat 115 Agents des collectivités locales 24	1,5	0,5	7	
Régimes de base obligatoires	Régime général 215 Salariés agricoles 22 237	SNCF 25 EDF/GDF 12 Autres 22 198	9	14	2,5	35

L'allocation supplémentaire du Fonds national de solidarité : 19

1. L'ARCHITECTURE D'ENSEMBLE DES SYSTÈMES ÉTRANGERS

Les systèmes de retraite dans les différents pays développés comprennent généralement trois étages. Le premier correspond à une pension de base uniforme garantie par la collectivité à tous les résidents, le deuxième correspond à la solidarité professionnelle, le troisième à l'assurance individuelle. La sécurité des personnes âgées étant considérée partout comme un bien public, l'État intervient soit pour servir des pensions à partir de l'impôt, soit pour obliger les actifs à préparer leur future condition d'inactif, soit pour inciter à l'assurance individuelle par le biais fiscal. Il intervient dans tous les cas pour réguler l'ensemble du dispositif comme l'illustre notamment l'œuvre de réforme entreprise dans tous les pays développés.

Les traits distinctifs de ces systèmes, expression des cultures nationales, portent sur les principes fondateurs de la solidarité, sur la frontière entre public et privé et sur le mode de gestion, capitalisation ou répartition, des fonds de retraite.

On oppose classiquement les pays à philosophie générale distributive aux pays à philosophie générale contributive.

Pays	Revenu pris en compte	Période de cotisation ouvrant droit à taux plein	Taux des annuités acquises	% du revenu pris en compte
France	10 meilleures années (RG) +	37,5 années	1,33 % (+ régimes complé-mentaires)	50 % (+ régimes complé-mentaires)
	salaire de carrière (RC)			
Belgique	salaire de carrière	45 ans (H) 40 ans (F)	C : 1,33 % M : 1,66 % F : 1,55 %	C : 60 % M : 75 %
Allemagne	salaire de carrière	40 ans	1,55 %	60 % (maxi. 75 %)
Grèce	2 dernières années	35 ans	mini. + 1 % par an au-delà de 10 ans, 1,5 ou (fonction du salaire) au-delà de 20 ans	70 % faibles salaires 30 % gains élevés
Espagne	8 dernières années	35 ans	2 %	50 % pour les dix premières années 100 % au-delà
Italie	5 dernières années	40 ans	2 %	80 %
Luxembourg	salaire de carrière	40 ans	1,6 %	64 %
Portugal	5 meilleures des 10 dernières années	36 ans	2,2 %	80 %

C : *Célibataires*. M : *Ménages*. F : *Femmes*.

Dans le premier cas, ce sont des critères de résidence ou d'âge qui justifient l'attribution d'une allocation forfaitaire, comme au Danemark ou dans les pays anglo-saxons.

Dans un tel système, toute personne résidente perçoit au moment de la retraite une pension uniforme dont le financement est fiscalisé. Ce système offre à tous le bénéfice d'une pension identique quel que soit le revenu ou la situation socio-professionnelle, sous une seule et unique condition de durée de résidence préalable sur le territoire. Un tel système, en général complété par une assurance professionnelle obligatoire et des assurances individuelles libres, a le mérite de clarifier les responsabilités des acteurs ; à l'État la solidarité nationale, aux partenaires sociaux la solidarité professionnelle, au-delà la responsabilité individuelle. L'État régule le système de base en fonction de considérations macro-économiques et renvoie aux partenaires sociaux et aux individus les décisions concernant l'équilibre des régimes complémentaires et l'arbitrage entre épargne financière en vue de la retraite et autres formes d'épargne.

Dans le deuxième cas, ce sont les cotisations qui fondent le droit à prestation même si des pensions minimum sont assurées par un prélèvement sur les fonds gérés par les caisses de retraite, éventuellement complété par une subvention de l'État. Des pays comme la France, la Belgique ou l'Italie illustrent ce système. Dès lors, c'est à la négociation entre partenaires sociaux que doivent être laissés les arbitrages sur les équilibres des régimes. En pratique, les masses financières en cause, leur incidence sur la dynamique macro-économique conduisent les États à intervenir.

AGE DE LA RETRAITE

Hommes		*Femmes*
67 ans	Danemark	67 ans
65 ans	Allemagne	65 ans
65 ans	Irlande	65 ans
65 ans	Luxembourg	65 ans
65 ans	Pays-Bas	65 ans
65 ans	Espagne	65 ans
65 ans	Portugal	62 ans
65 ans	Belgique	60 ans
65 ans	Grèce	60 ans
65 ans	Royaume-Uni	60 ans
60 ans	France	60 ans
60 ans	Italie	55 ans

Le recours inégal à la solidarité nationale et professionnelle, l'importance de la couverture obligatoire et l'existence plus ou moins ancienne d'avantages de retraite distribués par les entreprises déterminent le degré de recours d'un système de retraite aux techniques de la répartition et de la capitalisation.

2. 1993 : LES RETRAITES ET LE MARCHÉ UNIQUE EUROPÉEN

Alors que l'intégration communautaire s'accélère dans le domaine économique, en matière de protection sociale, et notamment dans le domaine des retraites, les systèmes nationaux restent incroyablement diversifiés. Leur harmonisation, parallèlement à l'achèvement de la construction européenne, n'est donc pas concevable. Elle n'est, au demeurant, ni inscrite dans les textes ni imposée dans les faits.

Toutefois, afin d'assurer la libre circulation des personnes, un certain nombre de dispositions ont été prises. Elles visent à garantir aux travailleurs communautaires et membres de leurs familles l'égal accès à différents avantages sociaux, à assurer l'égalité de traitement entre hommes et femmes, et à garantir aux travailleurs migrants des droits correspondant à l'activité exercée dans chaque État membre. Cette garantie s'exerce dans le cadre de dispositifs de coordination des législations nationales qui prévoient la totalisation de l'ensemble des périodes d'activité afin d'ouvrir des droits à retraite dans chacun des États concernés, ainsi que la répartition de la charge des pensions entre ces États en fonction de la durée d'assurance atteinte dans chacun d'eux. Le paiement de la pension se fait quel que soit le territoire de résidence.

En définitive, ces dispositions relèvent davantage de la logique de la négociation d'une convention multilatérale que de la mise en œuvre d'un plan d'ensemble pour une Europe intégrée.

En fait, la Communauté entend limiter son ambition au renforcement et à la généralisation des mécanismes de coordination, les systèmes de retraite restant irréductiblement nationaux. On en a eu récemment la preuve avec la préparation de la directive « Fonds de pension » qui a vu la reconnaissance de la spécificité des régimes complémentaires français par répartition. Ainsi, les régimes complémentaires paritaires échappent aux effets de la libre prestation de services en matière d'assurances. Une concurrence pourra s'exercer demain entre organismes d'assurance européens pour la partie capitalisation du troisième étage facultatif du système de retraite, autant dire pour une part très faible des masses financières en jeu.

3. VIEILLISSEMENT DE LA POPULATION ET ARRIVÉE À MATURITÉ DES RÉGIMES DE RETRAITE

À l'origine des processus de réforme engagés dans les différents pays développés visant à réguler le financement à long terme des pensions, on retrouve deux facteurs communs : le vieillissement de la population et l'arrivée à maturité des régimes de retraite.

Comme le tableau 3 permet de l'établir, la proportion des plus de 65 ans dans la population totale qui était de 12,2 % en 1990 pour l'ensemble des pays de l'OCDE atteindra 15,4 % en 2010 et 22,1 % en 2040. La déformation de la pyramide des âges va se traduire par une augmentation sensible du nombre de pensionnés et une dégradation du rapport des cotisants aux retraités.

Les avantages accordés aux retraités dans un contexte de croissance des effectifs salariés et de hausse des rémunérations réelles, alors que les classes de retraités étaient creuses et les carrières incomplètes, pèsent aujourd'hui de tout leur poids et menacent d'emporter les systèmes de retraite et de compromettre la croissance.

PROPORTION DE PERSONNES AGÉES DANS LA POPULATION [a] 1950-2050

	1980	1990	2000	2010	2020	2030	2040	2050
Canada	7,67	9,51	12,84	14,61	22,39	22,39	22,47	21,34
France	11,38	13,96	15,28	16,26	19,45	21,76	22,72	22,33
Allemagne	9,35	15,51	17,12	20,35	21,74	25,82	27,60	24,48
Italie	8,02	13,45	15,31	17,28	19,37	21,92	24,15	22,61
Japon	5,21	9,10	15,20	18,62	20,92	19,97	22,66	22,30
Royaume-Uni	10,73	14,87	14,48	14,61	16,27	19,24	20.43	18,74
États-Unis	8,14	11,29	12,15	12,79	16,16	19,49	19,80	19,31
Moyenne des pays ci-dessus[b]	8,64	12,53	14,63	16,36	18,93	21,52	22,83	21,59

a *Population de 65 ans et plus en pourcentage de la population totale.*
b *Moyenne non pondérée.*

Source : OCDE, Banque de données sociales.

4. LES RÉFORMES ENTREPRISES À L'ÉTRANGER

Allemagne : retraite différée et financement budgétaire

Le régime de retraites en RFA[1] est mixte. Par la répartition, les Allemands financent l'assurance de base des salariés du secteur privé et le système complet des retraites des fonctionnaires. Par la capitalisation, ils assurent les compléments de retraite du secteur privé. Pour faire face au double choc de la démographie et de la montée en puissance des régimes tout en diminuant les cotisations vieillesse, les Allemands ont pris cinq types de mesures :

— l'indexation sur le salaire net qui à elle seule permet d'économiser 2,1 points de cotisation sociale ;
— l'augmentation de la subvention fédérale : cette mesure permet de limiter la hausse des cotisations de 0,9 point tout en servant à alimenter le fonds de réserve des régimes ;
— le recul de l'âge de la retraite. À l'horizon 2010 cette mesure ne permet d'économiser que 0,2 point de

1. Le système présenté ici est celui de l'ancienne République Fédérale d'Allemagne, celle d'avant la réunification.

cotisation, mais elle est spectaculaire. L'accord avec les syndicats prévoit un recul progressif de l'âge de la retraite à 65 ans à raison de 3 mois de recul par an à partir de 2001 et de 6 mois de recul à partir de 2005. Les salariés masculins bénéficient aujourd'hui d'une retraite à 63 ans ;

— une adéquation plus stricte entre cotisations et prestations. Cette mesure qui économise 0,3 point de cotisation vise à remettre en cause les validations gratuites pour formation, chômage et longue maladie... ;

— une double amélioration est toutefois apportée au régime actuel avec la remise en vigueur de la retraite minimum et l'extension de l'avantage pour éducation des enfants.

Au total, ces mesures doivent permettre de diminuer de 3 points les cotisations en 2010. L'économie réalisée par les caisses légales serait de l'ordre de 50 milliards de DM mais les subventions du budget fédéral seront augmentées de près de 154 milliards de DM. L'appel au contribuable plutôt qu'au cotisant trouve là sa pleine traduction. L'unification de l'Allemagne ne remet pas en cause la réforme dont la mise en place reste fixée à 1992 ; les migrations internes notamment ont un effet nul. En revanche le délitement économique de l'ancienne Allemagne de l'Est et les mesures de relèvement des retraites compromettent l'équilibre du régime général sur l'ensemble de l'Allemagne.

États-Unis : la clause d'indexation la moins favorable

La pension de base est servie aux États-Unis à 91 % des personnes âgées en 1987. Le système américain de l'Old Age and Survivor's Insurance (OASI) longtemps excédentaire est entré en crise à partir de 1975 sous l'effet de l'accroissement du chômage qui s'est traduit par une perte de cotisations importante et d'une clause d'indexation des pensions sur les prix qui s'est révélée, en période d'inflation, plus favorable que l'indexation sur des salaires nets en baisse. Une commission nationale présidée par Alan Greenspan a proposé et fait adopter un plan de réforme en 1983. Trois mesures y sont combinées : une réduction relative des prestations, l'extension du nombre de cotisants et le recul progressif de l'âge de la retraite.

Dans le détail :

— l'indexation des pensions se fait sur l'indice le plus défavorable, prix ou salaires nets ;

— le cumul des pensions est interdit (régime OASI et emploi non couvert par OASI) ;

— les nouveaux fonctionnaires sont astreints à cotiser au régime général ;

— le niveau des cotisations est fixé de telle sorte que des réserves soient constituées au profit des générations du baby boom ;

— le palier de la retraite à taux plein sera relevé à partir de 2003. Ainsi l'âge de la retraite à taux plein sera de 65 ans et 2 mois en 2003 pour les personnes nées en 1938 et de 67 ans en 2027 pour les personnes nées en 1960 ;

— des incitations à la poursuite d'activité au-delà de l'âge de la retraite sont créées.

Royaume-Uni : la répartition démantelée

Le système britannique repose sur deux piliers :

— une pension de base forfaitaire couvrant la totalité des retraités et complétée, pour les personnes ayant peu ou pas travaillé par un « minimum vieillesse » qui est en fait un revenu minimum servi à tout Britannique (Income Support) ;

— une pension complémentaire calculée en fonction du salaire :

- pension pouvant être servie en répartition dans le cadre de la sécurité sociale. Il s'agit des State Earning Related Pensions (SERPS) ;
- pension pouvant être servie en capitalisation à travers des régimes de retraite d'entreprise (Occupational Schemes).

La réforme engagée dans les années 80 et conclue par le Social Security Act de 1986 avait deux objectifs :

— faire face aux problèmes financiers auxquels allait être confronté le SERPS en raison de l'évolution démographique (diminution du rapport cotisants/retraités de 2,3 à 1,6 entre 1985 et 2035). La réponse trouvée a consisté en une dégradation des conditions de liquidation des pensions servies par le SERPS (20 % du salaire moyen calculé sur l'ensemble de la durée de cotisation au lieu de 25 % des 20 meilleures années) ;

— décourager au maximum les entreprises et les personnes de continuer à adhérer au SERPS en les incitant fiscalement à multiplier les Occupational Schemes et les plans individuels de retraite.

Japon : pension universelle et incitation à l'activité

La réforme du régime public de retraite au Japon est entrée en vigueur en 1986. Elle a créé un régime de base unique commun aux secteurs public et privé. Le nouveau système sert une pension forfaitaire dont le montant est sans lien avec l'activité professionnelle antérieure, sous condition d'une durée de cotisation de 40 ans (elle était de 32 ans avant la réforme). Il s'agit de l'équivalent de notre retraite de base, elle est financée pour un tiers par l'État et pour les deux tiers par cotisations et elle est liquidée à 65 ans.

Au-delà de cette couverture minimale qui reste très faible, des régimes de retraite complémentaires gérés par capitalisation et des fonds de retraite supplémentaires constitués par des grandes entreprises assurent sur la base de l'épargne collective obligatoire ou facultative des retraites plus décentes, voire confortables pour les salariés des très grandes entreprises.

La simplification réalisée à l'étage de base ne se retrouve pas aux étages complémentaires et supplémentaires. Malgré cela et pour faire face au choc démographique, la réforme prévoit une érosion des retraites complémentaires, une incitation à l'activité après la retraite et la constitution, sur un compte spécial indépendant du budget de l'État, d'une réserve financière pour assurer les retraites futures.

5. LEÇONS ÉTRANGÈRES POUR LA FRANCE

L'examen des réformes entreprises à l'étranger montre que, à partir de situations initiales différentes et dans des contextes économiques et sociaux à priori éloignés, des constantes existent dans les moyens employés, pour rendre viables les régimes de pension.

— Qu'elles marquent ou non une rupture prononcée avec les dispositifs existants, les réformes engagées cherchent à s'appuyer sur un consensus très large.

— Les réformes des régimes publics étrangers combinent des adaptations progressives du mode de détermination des droits (âge, montant) avec des mesures d'effet immédiat concernant le financement et les règles de revalorisation des pensions.

— Les pensions universelles de solidarité et l'assurance font l'objet d'un renforcement parallèle.

— Les réformes s'appliquent à l'ensemble des régimes de retraite.

— Les mesures prises s'accompagnent d'un calendrier de mise en œuvre qui s'étend sur plusieurs décennies, quel que soit le rythme futur de croissance économique.

— La plupart des réformes recherchent une diversification des ressources des personnes âgées.

Toutefois, chaque pays, par le dosage qu'il réalise entre différents types de mesures, manifeste une orientation de réforme bien marquée. Les différences entre systèmes s'accusent traduisant des choix et des valeurs qui, parfois, s'opposent.

QUATRIÈME PARTIE

Demain, garantir les retraites

Maintenir les acquis collectifs, préserver et approfondir les solidarités à l'œuvre supposent que tous les régimes de retraite s'adaptent aux mutations socio-démographiques et économiques en cours ou prévisibles.

Ne rien faire est exclu, ce serait tolérer l'inacceptable. Une telle attitude conduirait à la remise en cause de la répartition, à la rupture de solidarités essentielles, et serait donc une menace pour la cohésion sociale du pays. Elle conduirait à une augmentation inéluctable des prélèvements sociaux à la charge des ménages et des entreprises, réduisant ou annulant les gains de pouvoir d'achat espérés par les actifs, rompant la parité de revenus atteinte entre actifs et inactifs, pesant sur la capacité d'épargne des ménages et des entreprises et, au-delà, mettant en péril la productivité et la croissance de l'économie française, donc l'emploi.

Cette perte de richesses collectives, préjudiciable à tous, actifs comme retraités, ne permettrait même pas de garantir au-delà de 2010 le contrat entre générations qui fonde nos régimes de retraite.

Ne rien faire pourrait donc conduire à une baisse brutale des prestations servies au-delà de 2010.

Garantir dans la justice sociale les retraites de demain suppose :

— de respecter l'exigence d'équité entre les générations, celles des grands-parents qui sont aujourd'hui en retraite, celles des parents qui le seront au début du siècle prochain, celles de nos enfants qui, au-delà de 2010, auront alors à payer nos retraites ;

— de respecter l'exigence de justice au sein de chaque génération ;

— de s'assurer de la maîtrise financière de nos régimes de retraite pour en garantir la pérennité.

Des solutions existent, on peut garantir les retraites de demain ; encore faut-il faire des choix, recueillir l'assentiment des parties concernées et inscrire dans la longue durée les ajustements nécessaires.

SCÉNARIOS : MODE D'EMPLOI

De nombreuses idées ont été émises, traduisant des objectifs et des choix différents. Elles proviennent de tout le spectre des forces politiques, syndicales et associatives.

La présentation de scénarios contrastés d'évolution a une vertu pédagogique et démocratique : mettre en face de chaque proposition un coût, des avantages et des inconvénients. Elle facilite donc le débat en limitant le heurt des positions de principe, elle peut constituer la première étape d'une approche de solutions.

Les scénarios ici présentés ne sont pas limitatifs, ce ne sont pas des solutions « prêtes à l'emploi » et encore moins les « seules » ou les « bonnes ». Dans le scénario « Aménagement de la répartition », des variantes financièrement équilibrées sont présentées. Elles n'ont qu'une utilité à ce stade du débat : montrer que les problèmes posés peuvent être surmontés moyennant l'adoption simultanée de quelques mesures clairement identifiées. D'autres mesures peuvent surgir du débat, et un agencement différent de celles-ci, permettre l'élaboration de nouvelles variantes.

PREMIER SCÉNARIO : SUBSTITUER LA CAPITALISATION AU SYSTÈME EXISTANT

Variante 1 : la substitution de la capitalisation à la répartition

Cette réforme présentée comme une réponse possible aux déséquilibres démographiques futurs et aux besoins de l'économie en épargne longue, n'assure pas les objectifs fixés à toute évolution des régimes de retraite.

Elle n'offre pas les garanties nécessaires de très long terme sur le plan financier. Par construction, elle ne prémunit pas contre les risques liés à l'état du marché financier et à l'érosion monétaire. C'est la raison pour laquelle tous les pays développés ont un régime de base fondé sur la technique de la répartition.

Elle serait doublement contraire à l'équité :

— équité entre générations, puisque ce scénario se traduirait pour les générations de la période de transition par un double effort : payer des cotisations pour honorer les retraites actuelles et épargner pour se constituer leurs propres droits à la retraite par capitalisation ;

— équité au sein de chaque génération : toutes les personnes ne seraient pas en mesure de compenser un recul programmé des régimes par répartition. La capacité d'épargne des ménages varie en effet suivant les niveaux de revenu et les origines socio-professionnelles. Il en va de même pour la capitalisation collective par fonds de tension, tant sont grandes les différences de situation entre branches et entre entreprises.

Elle ne représente pas en elle-même une réponse adaptée aux besoins de l'économie en épargne longue. Il faut en réalité se méfier de l'effet optique d'une croissance de l'épargne longue assurément permise par le développement de la capitalisation. Dans la période transitoire qui s'ouvre marquée par le vieillissement de la population, l'épargne pour la retraite a un effet vertueux puisqu'elle permet le développement de l'investissement et donc de la richesse créée. Mais dans un contexte autre où des jeunes moins nombreux acquièrent des droits inférieurs à des retraités en âge de liquider leurs avoirs pour consommer, il n'est pas évident que la capitalisation réalise mieux que la répartition la promotion de l'épargne et la garantie des revenus de substitution.

Le scénario de la substitution intégrale de la capitalisation à la répartition peut paraître excessif ou irréaliste, nul ne le revendiquant explicitement. Il a une vertu toutefois, celle d'expliciter les effets à long terme de toute mesure visant à figer la part de la richesse nationale redistribuée en répartition.

Variante 2 : capitalisation rampante

Il est parfois proposé en effet de plafonner à leur niveau actuel (soit 12 % du P.I.B.) les prélèvements affectés aux régimes de retraite par répartition. Un tel plafonnement reviendrait à stabiliser les taux de cotisation et les taux d'appel des régimes existants aux pourcentages atteints aujourd'hui.

Compte tenu de l'alourdissement inévitable sur le long terme des charges de retraite, un tel plafonnement conduirait soit à l'érosion régulière des régimes de base, soit au déclin progressif des régimes complémentaires obligatoires, soit à une évolution combinant les deux phénomènes. La diminution des garanties offertes dans ce cadre est parfois présentée comme s'accompagnant d'une montée en charge parallèle des droits constitués dans un autre cadre selon la technique de la capitalisation.

Un tel scénario, présenté comme de nature à rapprocher le système français de retraites de celui des principaux pays industrialisés et à garantir, grâce à la diversification des techniques utilisées, une meilleure solidité d'ensemble, omet d'analyser les conséquences qu'il aurait en termes d'équité. Car s'il est clair que le freinage des droits constitués en répartition sera le même pour tous, rien ne garantit que la constitution parallèle de droits selon la technique de la capitalisation sera ouverte et possible à tous dans les mêmes conditions. Que cette constitution prenne une forme individuelle ou collective, c'est-à-dire en relation avec le contrat de travail, ce sont les mieux dotés par les revenus, l'éducation ou leur appartenance à une entreprise ou un secteur d'activité prospère qui auront la possibilité d'investir ainsi dans leur retraite.

Ainsi les objectifs de justice sociale et de sécurité ne sont pas davantage atteints par une variante de capitalisation rampante que par une solution de substitution intégrale de la capitalisation à la répartition.

DEUXIÈME SCÉNARIO : TRANSFORMER EN PROFONDEUR L'ORGANISATION ACTUELLE

Tout en restant à l'intérieur d'un système reposant sur la solidarité entre générations et la technique de la répartition, diverses propositions ont été faites qui visent à transformer l'organisation du système actuel. Elles empruntent quatre voies :

— instituer une pension universelle, premier étage commun à tous les régimes ;

— dissocier à l'intérieur des régimes les droits « contributifs », directement proportionnés au montant des cotisations versées, de ceux qui ne le sont pas ;

— passer d'une technique de gestion des régimes « en annuités » à un régime « en points » ;

— réduire la solidarité financière entre régimes en réformant les mécanismes de compensation.

De telles propositions conduiraient à des aménagements institutionnels significatifs et méritent un examen attentif.

Variante 1 : la pension universelle

Contrairement au système d'assurances sociales retenu en France en 1945, qui lie le droit à pension à l'activité professionnelle, et nécessite la mise en œuvre pour les personnes qui n'ont pu avoir d'activité professionnelle, de mécanismes de revenus subsidiaires tels que le minimum vieillesse, ce système offre à tous le bénéfice d'une pension de base identique quel que soit le revenu ou la situation socio-professionnelle, sous une seule et unique condition de durée de résidence préalable sur le territoire.

Cette pension universelle servie par l'État et financée par l'impôt représenterait le niveau de pension de base, expression de la solidarité nationale.

Au-delà, dans des régimes complémentaires, pourraient s'exprimer les solidarités professionnelles.

L'effort d'épargne librement consenti par les actifs en prévision de leur passage à l'inactivité compléterait le dispositif.

Séduisante dans son principe, cette réforme n'en suppose pas moins que les Français acceptent aujourd'hui le régime unique qu'ils ont refusé avec constance depuis 1945.

Quand bien même accepteraient-ils de renoncer à leurs particularismes socio-professionnels, il subsisterait encore de redoutables problèmes de mise en œuvre. À quel niveau serait fixée cette pension universelle, notamment par rapport au minimum vieillesse et au RMI ? Comment serait-elle financée ? Quelles répercussions aurait cette réforme sur le niveau de garantie offert par les régimes complémentaires ?

On peut douter de l'intérêt d'entreprendre un chantier aussi vaste, qui, en lui-même, d'ailleurs, n'apporte pas de réponse directe aux défis démographiques et financiers.

Variante 2 : la dissociation du « contributif » et du « non-contributif »

Une voie de réforme souvent évoquée consiste à envisager de séparer les dépenses qui sont directement proportionnées à l'effort de cotisation (part dite contributive) et les droits acquis sans contrepartie de cotisations ou non proportionnels aux cotisations acquittées (part dite non contributive).

Les droits acquis sans contrepartie sont de deux sortes :

— la validation dite gratuite des périodes de cessation d'activité due à la maladie, la maternité, l'accident de travail, le chômage, la préretraite, le service militaire, ou encore l'éducation des enfants ;

— la validation gratuite par les régimes complémentaires des périodes d'activité antérieures à leur création.

Les droits non proportionnels aux cotisations versées recouvrent :

— le calcul de la pension sur une base différente du salaire de carrière (10 meilleures années pour le régime général, 6 derniers mois pour le régime fonctionnaire) ;

— l'existence de minima de pension (distincts du minimum vieillesse).

La dissociation du « contributif » et du « non-contributif » présenterait trois avantages :

— elle pourrait justifier, pour la part non contributive, d'un financement par l'impôt au titre de la solidarité nationale ;

— elle pourrait conduire à une remise en ordre des

avantages non contributifs qui se sont ajoutés au fil du temps ;

— elle clarifierait les responsabilités des pouvoirs publics garants de la solidarité nationale et des partenaires sociaux, chargés de la gestion de la part contributive.

Ces avantages ne doivent pas dissimuler les difficultés qui surgissent dès lors que l'on approfondit l'analyse d'un tel scénario.

Comment en effet fixer la frontière entre solidarité nationale et solidarité professionnelle ? Où ranger le chômage par exemple ? On ne saurait de plus oublier que les régimes complémentaires peuvent reposer sur un système très contributif parce que les régimes de base assurent déjà les solidarités essentielles. Enfin, isoler la part non contributive ne conduit pas nécessairement à une réforme de ces avantages.

Au total, cette proposition a le mérite de l'apparente clarté mais elle suppose que soient réunies tant de conditions et levées tant de difficultés — sans pour autant contribuer le moins du monde à régler le problème de financement — qu'on peut se demander s'il est opportun d'engager un bouleversement institutionnel d'une telle ampleur.

Variante 3 : le passage à des régimes en points

Deux raisons sont fréquemment avancées en faveur de l'adoption par les régimes de base de la technique des points :

— elle permettrait une meilleure contributivité des régimes, c'est-à-dire plus de proportionnalité entre le montant des pensions et celui des cotisations versées ;

— elle favoriserait une meilleure maîtrise de l'évolution des dépenses et permettrait donc aux régimes de faire face de manière plus adaptée aux défis socio-démographiques qu'ils ont à relever.

En fait, on attribue à une technique ce qui relève d'un choix politique. Il est en effet possible d'allonger la durée de référence dans les régimes par annuités et de calculer la pension sur le salaire moyen de toute la carrière, ce n'est donc pas un avantage intrinsèque au système en points. Celui-ci, au demeurant, ne garantit pas mécaniquement une meilleure contributivité puisqu'il peut distribuer des points gratuits.

Ce qu'on attribue donc à la souplesse du système, à son pilotage plus progressif, tient davantage à la capacité des partenaires sociaux à régler dans la concertation la question de l'équilibre du système, au besoin en appelant des cotisations[1] n'ouvrant pas de droits nouveaux ou en freinant la valeur du point[2], qu'à une supposée efficience technique. À taux

1. Le taux d'appel est une majoration de cotisation supportée par les actifs qui n'ouvre pas droit à acquisition de points supplémentaires.

2. Dans un régime en points, ce double effet est direct. Le freinage de la valeur du point étant effectué, il prolongera ses effets dans le temps en se traduisant par une moindre valeur du point le jour où les actifs feront liquider leurs droits.

Dans un régime en annuités comme le régime général, ce double effet est indirect. La moindre revalorisation des pensions se traduit par une moindre revalorisation du salaire porté au compte des actifs (ce sont les mêmes coefficients qui sont utilisés) et donc à terme, influe à la baisse sur le montant des pensions liquidées. La règle des 10 meilleures années peut toutefois atténuer cet effet au cas où l'action de freinage des revalorisations est limitée dans le temps.

de rendement égal[1], le changement de technique ne modifie en rien les besoins de financement du régime.

Dès lors, s'il est exact que les régimes complémentaires ont su, à la différence des régimes de base, programmer leur adaptation progressive aux évolutions socio-démographiques, cela tient moins à la technique utilisée — le point — qu'à leur mode de régulation par les partenaires sociaux et à leur caractère « complémentaire » par rapport à un régime de base qui assure les solidarités essentielles.

Quelle que soit la technique utilisée, la nécessité de mesures d'adaptation pour faire face aux besoins de financement est incontournable. Le système par point apporte une réponse de méthode plus qu'une réponse au fond.

Variante 4 : la limitation de la compensation financière entre régimes

Le salut de l'équilibre financier est souvent attendu de la réforme, voire de la suppression des mécanismes de compensation financière entre régimes de salariés et de non-salariés, au sein de régimes de même nature voire au sein d'un même ensemble comme celui des professions libérales.

Une telle orientation, faut-il le rappeler, ne règle en rien le besoin de financement global du système. Elle contribue seulement à atténuer temporairement les difficultés de l'un au prix d'une aggravation des difficultés de l'autre.

1. Le rendement exprime le rapport entre la cotisation versée et les droits à pension engendrés par cette cotisation.

Elle est ensuite contraire au souci d'assurer la cohésion d'ensemble du système de retraite. L'autonomie financière complète des régimes permettrait certes aux groupes socio-professionnels dont l'équilibre financier est excellent de développer leur régime sans limites mais ils se retourneraient ensuite vers la collectivité une fois les conditions devenues moins favorables, pour demander la prise en charge financière nécessaire au maintien des droits.

Enfin, vouloir limiter la compensation financière entre régimes, c'est oublier qu'elle se fait aujourd'hui sur des bases minimales essentiellement démographiques.

Il est au demeurant probable que les évolutions démographiques propres à chacun des régimes ne devraient pas profondément modifier le sens et le montant des transferts actuels, sauf à alléger la part de solidarité inscrite dans le régime général de la Sécurité Sociale. A contrario, une meilleure prise en compte des capacités contributives ne serait pas systématiquement favorable à ce dernier.

TROISIÈME SCÉNARIO: AMÉNAGER LES RÉGIMES PAR RÉPARTITION

Équité dans la répartition de l'effort d'adaptation entre actifs et retraités, recherche d'une plus grande justice sociale entre retraités, convergence dans les évolutions des régimes : c'est à l'aune de ces trois principes déjà approuvés par le Parlement dans le cadre du Xe Plan qu'il faut apprécier les solutions techniques disponibles pour pérenniser le système.

L'équité entre retraités

Les régimes sont arrivés à maturité et assurent aux actifs ayant eu une carrière pleine des retraites satisfaisantes. Le souci d'équité au sein d'une même génération doit donc passer à présent au premier plan. Il faut assurer une meilleure proportionnalité entre le taux et la durée de cotisation d'une part, et la pension servie d'autre part.

Les conditions de départ en retraite. La remise en cause du droit de prendre la retraite à 60 ans étant exclue, à cause de la persistance d'un fort taux de chômage et parce que cette mesure profite à ceux qui ont commencé jeune et/ou dans des métiers difficiles leur vie active, il faut envisager d'autres modalités.

Dans le régime général de la Sécurité Sociale, la règle des 37,5 ans de cotisation pour avoir droit à une retraite complète a pour conséquence un transfert financier important des salariés qui ont commencé à travailler tôt et ont acquitté 41 ans voire 42 ans de cotisation ou davantage (notamment les ouvriers), vers des salariés qui sont entrés plus tardivement dans la vie active (notamment les cadres).

Pour diminuer l'ampleur de ces transferts, on pourrait augmenter progressivement, d'un trimestre par génération, la durée de cotisation exigée pour la pension complète.

Une telle mesure ne remet pas en cause le droit à la retraite à 60 ans. À titre d'exemple, en supposant que la condition de durée d'assurance exigée pour la génération née en 1950 soit de 42 ans, cela signifierait qu'un actif de cette génération ayant commencé à travailler à 20 ans pourrait bénéficier en 2012 d'une pension à taux plein, mais il pourrait s'arrêter dès 60 ans et bénéficier d'une pension un peu plus faible compte tenu de la durée de cotisation.

Une telle mesure aurait cet autre mérite d'envoyer aux employeurs un signal : face à la stagnation prévisible de la population active à l'horizon de la projection, l'exclusion systématique de travailleurs âgés ne peut plus être la solution.

Cette mesure réduit le besoin de financement à l'horizon 2010 de près de 25 milliards de francs pour le régime général et de 12,4 milliards pour le régime des pensions de l'État, qui de fait intègre l'étage complémentaire.

Régime général de la Sécurité Sociale		1995	2000	2005	2010
Augmentation d'un trimestre par génération de la durée d'assurance nécessaire à une retraite complète	Mds F.	1,2	5,3	12,6	25,5
	Part des prestations	0,4 %	1,5 %	2,9 %	4,4 %

Régime des pensions de l'État		1995	2000	2005	2010
Augmentation d'un trimestre par génération de la durée d'assurance nécessaire à une retraite complète	Mds F.	0,9	3,9	9,6	12,4
	Part des prestations	1,1 %	4,4 %	9,1 %	10 %

Peut-on envisager de renforcer encore le rôle de la durée d'assurance au point de supprimer toute condition d'âge pour l'ouverture du droit à pension ? Une telle mesure a pour elle le mérite de la logique et nul doute qu'au terme du processus d'augmentation de la durée de cotisation exigée pour la pension complète, on puisse l'adopter. Appliquée immédiatement cette mesure aurait pour effet d'aggraver les besoins de financement des régimes puisque certaines personnes prennent déjà leur retraite au-delà de l'âge légal, alors même que les économies attendues ne sont pas certaines.

D'autres aménagements techniques pareillement justifiés par l'impératif d'équité au sein d'une même génération sont envisageables mais leur rendement est bien moindre. Il existe aujourd'hui une profonde inégalité entre les pensionnés selon qu'ils ont accompli leur carrière en étant affiliés à un ou plusieurs régimes. Dans le premier cas, la durée d'assurance est plafonnée à 150 trimestres. Dans le deuxième, cette durée s'apprécie par régime : une personne ayant accompli 100 trimestres dans un régime et 70 dans un autre se voit rémunérer 170 trimestres.

La simple coordination de la durée d'assurance entre les régimes dans le cadre de la règle des 150 trimestres permettrait de freiner l'évolution des dépenses de 5,3 milliards à l'horizon 2010 pour le régime général et de 1,3 milliards pour le régime des pensions de l'État.

			1995	2000	2005	2010
Plafonnement de la durée d'assurance tous régimes	Régime général de la Sécurité Sociale	Mds F.	1,0	2,5	3,9	5,3
		% presta.	0,35	0,7	0,89	0,9
	Régime des pensions de l'État	Mds F.	0,3	0,6	1,0	1,3
		% presta.	0,38	0,68	0,95	1,1

S'agissant des fonctionnaires, faut-il maintenir la possibilité ouverte à certains d'entre eux de liquider leur pension avant 60 ans ? Il faut rappeler d'emblée que cet avantage est un des éléments du contrat salarial.

En fait, deux dispositions peuvent être en débat : le classement en « catégorie active »[1] qui ouvre droit à la retraite à 55 ans, le droit pour les mères de famille ayant élevé 3 enfants de bénéficier d'une pension dès lors qu'elles réunissent 15 années de services effectifs, sans condition d'âge.

S'agissant de la première disposition, force est de constater que la tendance est à classer les personnels dans les catégories sédentaires. La décision prise en ce sens pour le nouveau corps des instituteurs réduira à terme de moitié les effectifs de cette catégorie active.

La deuxième disposition relève clairement de la politique familiale. On pourrait décider soit d'en limiter le bénéfice pour les mères qui en jouissent aujourd'hui, soit d'en réformer le financement.

Le calcul de la pension. Dès lors que dans un souci d'équité entre actifs d'une même génération, on cherche à établir une meilleure proportionnalité entre cotisations et prestations, la question de l'aménagement des règles de calcul de la pension doit être examinée.

* La période de référence retenue pour le calcul de la pension :

Étendre dans les régimes de base la période de référence par rapport à la situation actuelle (le salaire

1. Cette disposition profite à ceux qui ont exercé pendant au moins 15 ans des fonctions impliquant une fatigue particulière ou des fonctions conduisant à une usure prématurée de l'organisme. Les instituteurs, avant la création du nouveau corps des maîtres, étaient classés en catégorie active.

moyen des 10 meilleures années pour le régime général) présenterait deux avantages : assurer une meilleure contributivité de la pension, limiter l'intérêt de procéder à la réforme d'autres avantages non contributifs. En effet, les modalités actuelles de calcul avantagent tous ceux qui ont eu une carrière ascendante ou une carrière courte et fortement rémunérée. Ainsi, avoir cotisé pendant 10 ans au plafond et à un montant très faible pendant 27,5 ans ou cotiser pendant 37,5 ans au plafond revient au même : dans les deux cas, on obtient la pension maximale. C'est du reste cette règle qui conduit à valider les périodes d'inactivité sur la base du salaire de référence, fragilisant ainsi la légitimité des validations gratuites.

Un calcul de la pension sur la base du salaire moyen des 25 meilleures années tendrait à faire davantage de la prestation reçue le reflet de l'effort de cotisation fourni tout en laissant subsister une logique de solidarité professionnelle puisque les mauvaises années d'inactivité seraient neutralisées. L'application progressive d'une telle mesure à raison d'une année supplémentaire par génération réduirait le besoin de financement du régime général de 31 milliards de francs à l'horizon 2010.

Régime général de la Sécurité Sociale		1995	2000	2005	2010
Période de référence portée à 25 ans	Mds F.	1,5	5,7	14,6	31,3
	Part des prestations	0,5 %	1,6 %	0,02 %	0,07 %

On ne peut envisager de transposer de manière homothétique une telle mesure dans les régimes spéciaux. En effet un calcul de la pension qui ne serait plus fondé sur les 6 derniers mois de traitement mais sur les 15 derniers mois n'aurait que fort peu d'incidences : la carrière d'un fonctionnaire est en général relativement stable en fin d'activité. L'indice de calcul de la pension ne serait dès lors pas modifié. Quant à une adaptataion de plus grande ampleur, elle ne saurait se concevoir indépendamment de la prise en compte des divers éléments du statut et du fait qu'actuellement certains éléments de la rémunération ne sont pas pris en compte dans le calcul de la pension.

* Les divers avantages « non-contributifs » ouverts sans lien avec les cotisations :

La plupart des régimes accordent au moment de la retraite des avantages de caractère familial qui ont pour objet de compenser le handicap subi par les assurés — en particulier les femmes — durant leur vie professionnelle en raison des charges d'éducation des enfants. Il s'agit de majorations de durée d'assurance ou de suppléments de pension à caractère familial. C'est au regard de la politique familiale qu'il faut apprécier ces avantages.

Historiquement créées pour compenser les contraintes et sujétions liées à la suspension de l'activité professionnelle pour cause d'éducation des enfants, ces dispositions peuvent faire double emploi. En effet, la prise en charge de l'assurance vieillesse des parents au foyer par la Caisse Nationale des Allocations Familiales vise aussi à compenser cette sujétion.

Des adaptations pourraient intervenir, la priorité de

la politique familiale devant naturellement aller vers des mesures permettant de concilier la vie professionnelle et la vie familiale. En tout état de cause, relevant de la politique familiale, ces avantages devraient naturellement pour l'avenir être pris en charge progressivement par la branche famille de la Sécurité Sociale plutôt qu'être supportés par la branche vieillesse.

L'équité entre actifs et retraités

La détermination des modalités de revalorisation des pensions est un élément clé du contrat entre générations. Du choix fait en la matière dépend en effet le caractère équitable du contrat entre actifs et retraités qui scelle les régimes de retraite par répartition.

Lorsque la montée en charge des régimes n'était pas achevée, l'instrument de la revalorisation a pu être utilisé pour augmenter rapidement des pensions faibles. Des revalorisations généreuses venaient compenser l'insuffisance des carrières et l'impact lent des mesures d'amélioration de la législation. Mais poursuivre aujourd'hui dans cette voie alors que la parité de revenus actifs/inactifs a été atteinte serait contraire à l'équité et source de graves déséquilibres.

Comment dès lors avancer dans la recherche d'une règle plus équilibrée, apte à préserver la légitimité du pacte entre les générations ? L'un des objets du Livre blanc est de présenter les termes du débat en évitant l'alternative simpliste de revalorisation en fonction des salaires ou en fonction des prix.

La revalorisation des pensions en fonction de l'évolution du salaire moyen va au-delà de la parité entre actifs et retraités.

La revalorisation des pensions sur le salaire brut, en ne répercutant pas sur les inactifs les charges sociales supplémentaires supportées par les actifs, a pour effet mécanique de rompre la parité au profit des inactifs. C'est l'exemple même de l'effet pervers : les déficits du régime engendrent des cotisations nouvelles pour les actifs qui entraînent à leur tour des augmentations plus que proportionnelles des pensions et, donc, à terme des cotisations.

De même, la référence au salaire moyen brut ou net va au-delà de l'objectif initial qui visait à faire participer les retraités au partage des fruits de la croissance. En pratique, l'adoption d'un tel critère revient à faire bénéficier les retraités de la modification de la structure de la population salariée. De ce fait, le salarié à la retraite dont la pension évoluerait au rythme du salaire moyen par tête verrait celle-ci augmenter plus rapidement que le salaire de la personne qui lui a succédé dans son emploi, du seul fait que l'élévation générale du niveau des qualifications « tire vers le haut » le salaire moyen. L'INSEE a évalué à 0,9 % par an cet effet de structure.

La revalorisation des pensions en fonction de l'évolution d'un salaire net « hors effet de structure » se heurterait à des problèmes de mise en œuvre difficilement surmontables.

En effet, si l'adoption de cette mesure lève les objections soulevées par la revalorisation sur le salaire brut et assure la parité entre actifs et retraités, elle pose des problèmes techniques : un tel instrument se prête plus à l'analyse a posteriori qu'à la prévision, il n'a donc pas de valeur opérationnelle. Les données dont on dispose pour 1987, 1988 et 1989 montrent par ailleurs que la différence est mince entre l'évolution de l'indice des prix et celle du salaire net moyen hors effet de structure. Faut-il alors s'en tenir à une revalorisation en fonction des prix ?

La revalorisation des pensions en fonction de l'évolution des prix garantit le pouvoir d'achat des retraités.

Il est tout à fait légitime que la collectivité donne aux retraités des garanties légales quant à l'évolution future de leurs ressources. Il y va du crédit même des régimes de répartition : que vaudrait ce crédit si, une fois liquidée, sa revalorisation périodique n'était garantie par aucune règle et si, au fil du temps, son pouvoir d'achat était érodé par l'inflation ?

La sécurité qu'a entendu instaurer le plan français de Sécurité Sociale passe donc par la garantie du pouvoir d'achat des retraites, c'est-à-dire une évolution parallèle à celle des prix.

Dans l'hypothèse d'une croissance forte et prolongée, s'accompagnant d'un surplus distribuable élevé, il serait toutefois inéquitable que les retraités ne participent pas à la répartition des fruits de la croissance.

Deux principes se dégagent, dès lors qu'est écartée l'évolution au fil de l'eau : le maintien du pouvoir d'achat des pensions par rapport aux prix, une clause de participation des retraités aux fruits de la croissance.

Pour éclairer le débat, les tableaux qui suivent

indiquent la réduction des besoins de financement qui résulterait pour le régime général, d'une revalorisation des pensions en fonction du salaire moyen par tête net (en dehors de toute autre mesure de rééquilibrage) et d'une revalorisation en fonction des prix.

Régime général de la Sécurité Sociale		1995	2000	2005	2010
Liquidation et revalorisation sur le salaire net moyen par tête (y compris les effets de structure)	Mds F.	7,6	16,3	28	52
	Part des prestations	2,7 %	4,6 %	6,4 %	9,1 %

Régime général de la Sécurité Sociale		1995	2000	2005	2010
Revalorisation des pensions selon les prix	Mds F.	19,2	46,0	81,6	135,7
	Part des prestations	6,8 %	12,9 %	18,5 %	23,6 %

Les variantes du scénario d'adaptation

Divers aménagements susceptibles d'être apportés à notre système de répartition viennent d'être présentés mais aucune mesure à elle seule n'est à la hauteur du défi lancé à notre système de retraite. Additionner les mesures et les présenter comme la volonté du Gouvernement serait, à l'inverse, inexact. À la vérité, les précédents étrangers nous enseignent que c'est dans une combinaison de mesures progressives que se trouve la solution. Tout est donc dans le dosage des mesures et, de ce point de vue, les variantes du scénario d'aménagement de la répartition sont multiples.

Ceux qui sont livrés ici n'ont donc d'autre objet que de servir de points de référence. Ils permettent d'étalonner les réponses apportées aux besoins de financement estimés à l'horizon 2010.

Toutes les variantes intègrent deux mesures de rationalisation : la coordination entre régimes pour l'appréciation du nombre maximum de trimestres validables et leur plafonnement, l'adaptation et la réforme du financement des avantages non contributifs liés à la politique familiale.

Six variantes concernent le régime général. Une analyse de leur transposition au régime des pensions de l'État est également présentée, illustrant les conditions dans lesquelles pourraient être appliquées ces mesures aux régimes spéciaux dans le respect de leur autonomie et de leur spécificité.

Les trois premières variantes sont établies avec une hypothèse de revalorisation en fonction de l'évolution du salaire moyen net, c'est-à-dire après déduction des cotisations sociales. Cette mesure va dans le sens d'une plus grande équité entre actifs et retraités, mais le risque de rupture de parité au profit des inactifs n'est pas totalement écarté. Car une évolution du pouvoir d'achat du retraité supérieure à celle de l'actif l'ayant remplacé sur son poste de travail est toujours possible.

La variante A recherche une meilleure proportionnalité des droits à l'effort contributif réellement effectué à travers un élargissement progressif, à raison d'une année par génération, du salaire de référence pris en compte pour le calcul de la pension. La solidarité professionnelle est réaffirmée puisque les plus mauvaises années de la carrière sont neutralisées. Les salariés les plus modestes, ayant commencé à travailler jeunes et n'ayant pas connu d'accélération de carrière, ne seraient pas concernés par une telle évolution.

Cette première combinaison de mesures n'assure pas par elle-même l'équilibre financier du régime général en 2010. Elle suppose un appel à des prélèvements supplémentaires à la charge des actifs à hauteur de 4 points. Elle ne contient de plus aucune disposition de nature à préparer le régime aux déséquilibres entre nombre d'inactifs et nombre de cotisants au-delà de 2010.

La variante B exprime, à travers le relèvement progressif jusqu'en 2010 de la durée d'assurance d'un trimestre par génération, le choix de cotiser plus longtemps pour préserver, lorsque la carrière est complète, un niveau de pension élevé. Cette mesure ne concernerait pas les salariés entrés plus tôt dans la vie active et assurerait une meilleure proportionnalité entre la durée d'activité et le montant de la pension.

L'équilibre financier du régime général n'est toutefois atteint, en 2010, qu'en appelant un financement supplémentaire à la charge des actifs, à hauteur de 3,6 points.

VARIANTE A

	1995	2000	2005	2010
Besoin de financement tendanciel	34,6	67,3	105,5	186,6
Mesures communes de rationalisation	– 2,0	– 4,8	– 7,3	– 10,4
Passage progressif des 10 aux 25 meilleures années pour le calcul du salaire de référence	– 1,4	– 5,7	– 14,5	– 31,1
Revalorisation des pensions selon le salaire moyen net	– 6,9	– 14,4	– 23,4	– 43,3
Besoin de financement non couvert MMF	24,3	42,5	60,3	101,9
Points de cotisations cumulés	1,5	2,5	2,85	4,15

En milliards de francs.

La variante C reprend pour sa part les mesures des variantes A et B. Le prélèvement supplémentaire nécessaire à l'équilibre financier du régime général est ramené à 2,7 points[1].

1. A l'opposé, le recours à la seule mesure de revalorisation des pensions en fonction de l'évolution du salaire net laisserait subsister en 2010 un besoin de financement de 125,8 Mds F, soit 5,12 points de cotisation.

VARIANTE B

	1995	2000	2005	2010
Besoin de financement tendanciel	34,6	67,3	105,5	186,6
Mesures communes de rationalisation	– 2,0	– 4,7	– 7,1	– 10,1
Revalorisation des pensions selon le salaire moyen net	– 5,7	– 12,6	– 21	– 39,4
Relèvement progressif de la durée d'assurance d'un trimestre par génération	– 8,5	– 15,8	– 26,7	– 48,4
Besoin de financement non couvert	18,5	34,2	50,6	88,8
Points de cotisations cumulés	1,15	1,9	2,4	3,6

En milliards de francs.

VARIANTE C

Milliards de francs	1995	2000	2005	2010
Besoin de financement tendanciel	34,6	67,3	105,5	186,6
Mesures communes de rationalisation	– 2,0	– 4,8	– 7,3	– 10,4
Relèvement progressif de la durée d'assurance d'un trimestre par génération	– 8,5	– 15,8	– 26,7	– 48,4
Passage progressif des 10 aux 25 meilleures années pour le calcul du salaire de référence	– 1,4	– 5,4	– 13,7	– 28,5
Revalorisation des pensions selon le salaire moyen net et liquidation en pourcentage du salaire net	– 18,6	– 43,3	– 75,3	– 122,1
Besoin de financement non couvert	17,6	29,8	39	66,2
Points de cotisations cumulés	1,1	1,05	1,85	2,70

Les trois autres variantes reposent sur une hypothèse distincte en matière de revalorisation des pensions. L'hypothèse retenue est celle de la garantie du pouvoir d'achat des pensions liquidées tout au long de la période, c'est-à-dire une évolution parallèle à celle des prix. Dans ces variantes, retraités actuels et futurs participent à l'effort commun, mais en longue période et dans l'hypothèse d'une croissance économique forte, le pouvoir d'achat des actifs pourrait progresser plus rapidement que celui des retraités.

Dans deux de ces trois variantes, le régime général est équilibré (E), voire légèrement suréquilibré (F) et aucun prélèvement supplémentaire n'est mis à la charge des actifs[1].

VARIANTE D

Milliards de Francs	1995	2000	2005	2010
Besoin de financement tendanciel	34,6	67,3	105,5	186,6
Mesures communes de rationalisation	– 2	– 4,8	– 7,3	– 10,4
Passage progressif des 10 aux 25 meilleures années	– 1,4	– 5,7	– 14,5	– 31,1
Revalorisation des pensions en fonction de l'évolution des prix	– 19,1	– 44,6	– 77,5	– 126,1
Besoin de financement non couvert	12,1	12,2	6,2	18,9
Points de cotisations cumulés	0,8	0,7	0,3	0,75

En milliards de francs.

1. A contrario, la seule mesure de revalorisation des pensions sur les prix laisserait un besoin de financement de 50,9 Mds F, soit 2,1 points de cotisation, à la charge des actifs.

VARIANTE E

Milliards de Francs	1995	2000	2005	2010
Besoin de financement tendanciel	34,6	67,3	105,5	186,6
Mesures communes de rationalisation	– 2	– 4,7	– 7,1	– 10,1
Relèvement progressif de la durée d'assurance d'un trimestre par génération	– 8,5	– 15,8	– 26,7	– 48,4
Revalorisation des pensions en fonction de l'évolution des prix	– 18,6	– 43,3	– 75,3	– 122,1
Besoin de financement non couvert	– 5,5	3,6	– 3,6	6
Points de cotisations cumulés	0,35	0,20	0,15	0,25

VARIANTE F

Milliards de francs	1995	2000	2005	2010
Besoin de financement tendanciel	34,6	67,3	105,5	186,6
Mesures communes de rationalisation	2	4,7	7,1	10,1
Relèvement progressif de la durée d'assurance d'un trimestre par génération	– 8,5	– 15,8	– 26,7	– 48,4
Passage progressif des 10 aux 25 meilleures années	– 1,4	– 5,4	– 13,7	– 28,5
Revalorisation des pensions en fonction de l'évolution des prix	– 18,5	– 42,6	– 72,8	– 115,5
Besoin de financement non couvert	4,3	– 1,1	– 14,5	– 14,3
Points de cotisations cumulés	0,30	– 0,05	– 0,70	– 0,60

En milliards de francs.

*

La transposition de ces variantes au régime des pensions de l'État comme aux principaux régimes spéciaux doit tenir compte des particularités de ces régimes et s'inscrire dans le respect de leur autonomie et de leurs spécificités.

Ainsi, une modification des règles de revalorisation des pensions actuellement en vigueur n'est pas nécessaire puisque celles-ci assurent d'ores et déjà le respect de la parité entre actifs et retraités.

Par ailleurs, modifier la période de référence servant au calcul de la pension ne peut être envisagé indépendamment de la prise en compte des divers éléments du statut.

Les autres mesures d'aménagement qui seraient transposables — mesures communes de rationalisation, augmentation progressive de la durée nécessaire à l'obtention d'une pension complète — contribueraient à freiner significativement la progression des dépenses.

Le besoin de financement prévisible en l'an 2000 (6,2 Mds F) serait ainsi entièrement couvert. Toutefois, bien que l'évolution des dépenses soit freinée jusqu'en 2010 d'environ 16 % (soit 19,4 Mds F), il subsisterait un découvert de 9,6 Mds F (soit 3,7 points de cotisation).

Ce résultat est la conséquence, en apparence paradoxale, d'une bonne gestion des finances publiques.

La dégradation de la situation financière du régime interviendrait en effet après l'an 2000, c'est-à-dire à partir du moment où les effectifs recrutés massivement entre 1960 et 1980 pour faire face aux responsabilités grandissantes de l'État prendront leur retraite. Dans le même temps, l'État est devenu plus rigoureux dans la gestion de ses effectifs, ce qui dégrade mécaniquement le rapport démographique du régime[1]. Dès lors, il n'est pas illégitime que l'État, qui paye dans le même temps les rémunérations de ses fonctionnaires et les pensions des retraités de la Fonction Publique, participe prioritairement à l'équilibre du régime des pensions plutôt que de recruter de nouveaux fonctionnaires, ce qui détériorait encore davantage l'équilibre des finances publiques.

*

Les variantes contrastées qui ont été présentées dessinent un champ des possibles. Ce sont avant tout des pistes à explorer. Certaines variantes laissent subsister transitoirement ou durablement des besoins de financement non couverts. On ne saurait donc considérer comme totalement exclu à l'horizon 2010 tout relèvement des cotisations affectées à la branche vieillesse. Mais un tel relèvement serait une solution de pis-aller qui risquerait, s'il était substantiel, de mettre en cause la solidarité entre les générations et de porter préjudice à l'efficacité économique et donc, à terme, à la solidité même des régimes de retraite. Il reste qu'avant de songer à des prélèvements supplémentaires, il est légitime de chercher à tirer le meilleur

1. Le régime des pensions civiles bénéficiera donc d'un allègement de sa contribution à la compensation démographique de à 4,2 Mds F en 2010.

usage des prélèvements affectés à la protection sociale, au besoin par des redéploiements à l'intérieur de celle-ci.

La mise en perspective de la situation financière de la branche famille, au même horizon et avec les mêmes hypothèses que celles retenues pour réaliser les projections du régime vieillesse, révèle une situation très contrastée par rapport à ces dernières, puisqu'à législation constante, les excédents de la branche famille enregistreraient une progression continue à l'horizon 2010 quel que soit le taux de fécondité (1,8 ou 2,1).

Une politique de la famille ambitieuse peut être compatible avec un relatif redéploiement de ces moyens, d'autant que la politique de la vieillesse comporte une dimension de politique familiale. Par exemple, dès lors que l'on estimerait que les avantages familiaux servis par le régime de retraite doivent être maintenus, il serait légitime de considérer que leur charge devrait incomber à l'avenir à la branche « Famille ».

Le principe d'une telle solidarité entre nos politiques de retraite et de la famille, ainsi que le montant du transfert jugé acceptable, méritent en tout état de cause d'être soumis à débat.

Les mesures d'accompagnement

Aménager le régime de répartition permet, sous certaines conditions, de faire face au défi démographique et financier de 2010, quand accéderont à la retraite les générations nombreuses de l'après-guerre. Il convient de mettre en œuvre parallèlement des politiques d'accompagnement.

Il faut réduire les inégalités entre retraités et favoriser leur insertion dans la vie sociale.

Par ailleurs, il faut penser au-delà de 2010 à préparer les régimes à honorer leurs engagements et encourager l'effort collectif d'épargne.

Enfin, notre système de retraite requiert quelques adaptations institutionnelles pour en rendre le fonctionnement plus transparent et surtout plus prévisible.

Corriger les inégalités et mieux vivre sa retraite

La dépendance

La France compte aujourd'hui 700 000 retraités de plus de 85 ans, elle en comptera plus d'un million en l'an 2000. Si le grand âge ne signifie pas l'entrée dans la dépendance, il en accroît cependant la probabilité. En dépit des efforts menés depuis 15 ans, les personnes âgées subissant une perte d'autonomie ne se voient pas toujours proposer aujourd'hui une réponse adaptée à leur situation : insuffisante médicalisation des établissements et services, inadéquation des placements et inadaptation des prises en charge, importance des dépenses restant dans certains cas à la charge des assurés sociaux et de leurs descendants. Une réflexion de fond a été engagée, notamment sur la création d'un système spécifique de prise en charge de la dépendance. Dans l'immédiat, la création de places médicalisées dans les établissements qui accueillent les personnes âgées, ainsi que dans les services de soins infirmiers à domicile a été accélérée. De même, les conditions d'accueil et la qualité des établissements pour personnes âgées font l'objet d'améliorations significatives. Enfin, un programme pluri-annuel sur l'aide ménagère et les soins infirmiers à domicile a été arrêté, ainsi que de nouvelles modalités d'aide aux familles.

Améliorer le sort des conjoints d'assurés décédés

La France connaît un taux de veuvage très supérieur à celui de ses principaux partenaires européens. Dès lors que la maîtrise des dépenses de droit direct serait acquise, une augmentation du taux de reversion et/ou une révision des conditions de cumul entre pension personnelle, pension de reversion et autres ressources pourraient intervenir.

La vie sociale des retraités

Le terme de « retraités » désigne mal le rôle qui est aujourd'hui dans notre société celui de la personne de 60 ans et plus. Le temps de retraite n'est plus pour l'essentiel un temps de repos et de « retrait », mais surtout un temps de participation active à la vie de la cité. C'est pourquoi le rôle social et culturel des personnes âgées dans la société, le passage de la vie professionnelle à un nouveau temps de la vie restent les premiers objectifs d'une politique des générations. De nouvelles initiatives en faveur des jeunes retraités seront prises à la suite du rapport demandé au Conseil Économique et Social. En tout cas, le droit à une expression spécifique leur a été déjà pleinement reconnu au sein du Comité national des retraites et des personnes âgées (CNRPA).

Mobiliser l'épargne longue et élever le taux d'activité

L'épargne longue

Loin d'être antinomique avec la pérennité des régimes de retraite en répartition, un développement de l'épargne longue conforterait au contraire leur assise. En contribuant à la croissance économique, l'épargne consolide les bases de la protection sociale. Du reste, peut-on trouver un meilleur ressort au développement de celle-ci que le besoin de chacun de veiller à la sécurité financière de ses vieux jours ?

Dès lors que la répartition est consolidée, deux orientations méritent une étude attentive : la création de fonds d'épargne collective et la constitution de réserves au sein des régimes par répartition.

Les fonds d'épargne collective « à la française » devraient être mis en place en accord avec les partenaires sociaux, gérés en capitalisation, et ne pas entraver la mobilité des salariés. Dès lors qu'il s'agirait d'enrichir le contrat de travail d'un élément de salaire différé et de favoriser l'épargne, nul doute que les préventions traditionnelles à l'égard de cette forme d'épargne-retraite s'affaibliraient.

Par ailleurs, si, comme l'idée en a été émise, on décidait de lisser l'évolution future des taux de cotisation afin d'éviter à la génération de nos enfants la charge exclusive des retraités du baby-boom, des réserves devraient être constituées progressivement et placées en actifs financiers d'ici 2010. Une telle orientation a le mérite de souligner la nécessité de réserver les augmentations de cotisation pour faire face aux défis démographiques de 2010 et au-delà. Elle a une vertu économique évidente, créer de l'épargne. Toutefois, tant que l'équilibre financier des régimes de retraite n'est pas rétabli, une telle mesure risquerait d'être perçue comme un prélèvement supplémentaire sur les actifs.

L'intégration des salariés âgés dans l'entreprise

La France ne peut, dans un contexte démographique stagnant, accepter une gestion de l'emploi par l'exclusion de plus en plus précoce des salariés de plus de 55 ans. Le nouvel équilibre des générations au travail qui résultera du vieillissement global de la population active rendra nécessaire une meilleure intégration des salariés âgés dans l'entreprise. Celle-ci reposera notamment sur la valorisation de leurs compétences, un effort continu de formation, et le développement de formes de retrait progressif d'activité.

Favoriser la transparence

La diversité, la complexité institutionnelle et l'opacité d'un système de retraite qui s'est développé par sédimentations successives rendent nécessaires un effort de transparence.

Clarifier les comptes des régimes spéciaux

Certains régimes spéciaux relèvent de caisses de retraite, d'autres correspondent à un compte à la Caisse des dépôts, d'autres encore sont gérés directement par l'entreprise qui les a institués (SNCF, EDF-GDF, RATP...). L'État n'isole pas dans un compte les charges et ressources du régime des pensions civiles et militaires.

À défaut de créer une caisse de retraite dans tous les régimes qui n'en sont pas actuellement dotés, deux améliorations doivent être apportées à la situation actuelle :

— individualiser clairement les comptes des régimes spéciaux ;

— systématiser les projections de charge et d'équilibre à 20 ans.

L'observatoire des retraites

Un régime de retraite se gère sur le très long terme, il faut fixer un cap, savoir s'y tenir tout en sachant composer avec les éléments. Les marges d'incertitude économiques sont trop grandes, les situations trop complexes, les enjeux humains et financiers trop importants pour qu'il soit possible de se dispenser de vérifier périodiquement la pertinence des choix faits. Un observatoire des retraites dont les constats pourraient donner lieu à des actions correctrices pourrait jouer ce rôle de vigie.

CONCLUSION

Pour une politique des générations

Ce Livre blanc a un objet : l'avenir des retraites. Le problème peut paraître technique, il est en fait lourd d'enjeux de société. L'actualisation du contrat entre les générations peut être aussi l'occasion d'un renouvellement des formes du débat démocratique.

La retraite est au cœur de la politique des générations. Elle repose sur un transfert financier entre les générations, elle a des effets sur la marche de l'économie et elle peut contribuer au dynamisme de la société. Tout se tient, le revenu des actifs, les pensions des inactifs et les moyens de l'État. Une économie prospère est le seul garant durable de la pérénnité des systèmes de protection sociale. La maîtrise des prélèvements obligatoires permet l'accélération de l'effort éducatif. Une épargne financière longue stimule l'économie, peut compléter la retraite et renforcer les moyens de nos entreprises.

Les solidarités entre les générations sont bien plus importantes encore. Un actif au moment où il prend sa retraite a une espérance de vie de près de 20 ans, il jouit de la sécurité qu'offre un niveau de vie satisfaisant, il est un consommateur actif, il est la pièce maîtresse de la famille élargie, il est actif dans la cité, il prend des responsabilités électives, il aide ses enfants à s'installer dans la vie ou à en absorber les chocs. Lorsque le grand âge vient, la solidarité collective et familiale se manifeste également. On ne comprend pas grand-chose à l'évolution de la société française si on néglige le rôle de la famille élargie comme lieu privilégié d'exercice de solidarités réciproques. Les problèmes du chômage, de la dépendance, des accidents de carrière seraient infiniment plus graves s'ils n'étaient aussi pris en charge dans le cadre des familles.

Pour toutes ces raisons, il faut réussir l'actualisation du contrat entre les générations. Le débat qui s'ouvre doit y contribuer.

La rédaction de ce Livre blanc a été guidée en permanence par le souci de distinguer les données, les évolutions irréversibles, les hypothèses raisonnées, les trajectoires du probable afin que le débat s'institue, si possible, dans les domaines où il a toute sa pertinence. Des scénarios aux multiples variantes ont été présentés, ils sont indicatifs, ils constituent une première contribution au débat. Celui-ci ne pouvant se dérouler dans un vide de valeurs, le Gouvernement explicite les siennes.

L'espace ouvert au débat est vaste, ce Livre blanc entend contribuer à sa transparence, il est une invitation à l'échange mais aussi à la prise de parti sur un sujet qui concerne tous les Français.

PREMIÈRE PARTIE

Aujourd'hui,
les acquis de la répartition

DEUXIÈME PARTIE

Demain, les défis démographiques et financiers

TROISIÈME PARTIE

Hier et demain, les expériences étrangères

QUATRIÈME PARTIE

Demain, garantir les retraites

CONCLUSION

Pour une politique des générations

Composition Traitext
Impression Brodard et Taupin,
à La Flèche (Sarthe),
le 19 avril 1991.
Dépôt légal : avril 1991.
Numéro d'imprimeur : 1191E-5.
ISBN 2-07-032636-5 / Imprimé en France.

52828